U0458592

新倾城之恋

胡洁人
Jane Hu

著

上海三联书店

爱情就是战争

自序

深深隐藏，不轻易遗忘。

目 录

自序

第一部

成　全

1

折桂令·春情

（元）徐再思

平生不会相思，才会相思，便害相思。

身似浮云，心如飞絮，气若游丝。

空一缕馀香在此，盼千金游子何之。

证候来时，正是何时？

灯半昏时，月半明时。

一座城市的沦陷成全了范柳原和白流苏的姻缘。流苏，白家的六妹，这个端庄贤淑又无比聪慧练达的知性女子，作为一个离过婚又死了前夫的少妇，对她而言，所谓的成全，就是有生之年依然可以嫁给一个有头有脸帅气有地位的男人——范柳原。她坚信两个人的爱坚不可摧，因为他们共患难，同生死，在香港倒下的刹那结合在了一起。尽管此后柳原依旧是柳原，不过是多了一个明媒正娶的范太太，可流苏已经不再是以前的流苏了。

从唐太太到范太太，短短几年间，流苏历经坎坷和波折，阅遍人间沧桑，用她自己的话来说：我是经历过一些事情的女人了。经历过一些事情，意味着她不再如纯情少女那般天真无知，她也是世俗眼中的"女人"了。尤其是离婚和唐一元的死，在客观上更让她成熟和世故，或者说让她更清楚和有经验去处理感情及家庭关系。范柳原也是聪明之人，他沉迷于流苏的美丽和善良，更懂得她的经历对他而言不是坏事，因为他自己本身就是一个对婚姻持无比审慎态度的男人！

流苏曾经一度对爱情和婚姻绝望，直到遇见柳原，这是此生真正属于她的男人。她与柳原的婚姻，证明了她还有资本和魅力去吸引男人。更重要的，是展示给她家里那些势利眼亲戚们：看我，白流苏，不是一般的厉害！一个英俊、有钱、让众美痴迷的男人，依然可以不计前情地娶她！

因此，这场婚姻，是理性的，是道德的，是长久的。尽管柳原的生性风流无法因为结婚而从根本上改变，他的情话俏皮话自此也是转移给其他女人听了，但他与流苏的婚姻是坚不可摧的，这点他俩都毫不置疑，彼此都对家庭赋予高度的责任感和使命感，特别是五年后他们的天使——女儿范美琪的出生，更稳固了范白两人的关系。

美琪于2010年12月的圣诞前夕出生在香港伊丽莎白医院，那晚柳原在寒冷的冬夜冲向医院产房时的激动和汗水，与他第一眼看到女儿被护士抱出来的泪水混在一起，令他感受到一种难以言喻的发自内心的激动和感恩，以及对自己的生命在这人世就此得以延续的不可思议。而同时，流苏更体验到了刻骨铭心的痛楚，剧痛令她整个面部麻木、呼吸困难，但她依然坚持着决不放弃。她听到护士"BB的头已经出来啦，再努力！加油！加油！"的呼唤，直至听到生命降临的啼哭声，又看到婴儿躺在旁边的小床上，她瘫在产床上，筋疲力尽又无比感动。流苏和柳原两人面对这个新生的孩子都无比欣喜又有些措手不及，接受一个生命的降临跟失去一个生命一样，都需要时间来适应。

流苏躺在产房里，不断地喃喃自语，这是我和柳原的孩子，这是我和柳原的孩子！

虽然有种几近昏迷的困顿弥漫全身，当她看到门外的柳原，还是微弱但有力地对他笑了笑："唔，我们的孩子！"

他们四目相对的一瞬，对彼此来说都是刻骨铭心的。至此，除了爱，更多了责任，无限的责任。流苏放心了，因为有了柳原心心念念想要的女儿，他的心可以安定了，至少今后就算再有什么女人也不过是闹着玩的了，她的地位因为女儿的降临而得以稳固。

那晚，流苏在医院的床上昏昏沉沉地睡去，她太累了，12个小时的阵痛和生产耗费了她全部的气力，她做了一个很深很深的梦，她梦见在一个欧式古典风格的金碧辉煌的大厅里，很多人在交谈、喝酒、大笑，她穿着黑色单肩晚礼服，戴着DAMIANI的白金玫瑰金镶钻项链，穿过站着众多绅士和美女的人群寻找柳原，可她到处找不到柳原，瞬间内心升上来一种极度的不安，她走到二楼，推开一道道厚重的门，每个房间里都是接吻、拥抱或者调情以悦的男男女女，她越来越慌，突然低头看到大厅中央穿着银灰色西装的一位男子正抬头看着她——那不是柳原么？

流苏飞奔下楼，紧紧拥抱住他，她抱得很紧很紧，生怕再次丢了他失了他。柳原轻轻抬起她的头，拥抱入怀，然后亲吻她的唇，如同他们刚认识的时候一样温柔斯文，他揽住她的腰，他们又一次在舞池中畅游，流苏慢慢适应了这种感觉，跟上柳原的步伐和引领，彼此徜徉在舒缓优美的音乐中……

周围走过来很多穿着白色礼服的小天使，一个个头上戴着花，给他们伴舞。流苏在梦里跟柳原说，我爱她们，我要给你再生几个女儿，生好多好多女儿。说着，她的泪流下来，浸湿了枕巾。她醒了，依旧躺着，回想梦境，她觉得，这一生她都离不开柳原了，就像美琪离不开她一样。

　　爱究竟是什么？是占有，掌控或奉承么？流苏曾经一直以为爱是占有，特别是唐一元娶了她之后，借着爱的名义冷淡她、讽刺她，给她带来各种妒忌、难堪和折磨，他以为彻底占有了她的身体和自由，但最终还是失去了她。但她跟柳原一起，她真切地感受到爱是给予是付出，爱不只是一种感觉，而是可以通过具体行为，可能很细小但很伟大的行为，给他人和自己带来快乐及祥和。

　　当爱来临的时候，嫉妒、悲伤、憎恨都会跑得远远的，剩下的只有慈悲、怜悯和美好。爱是多么好的东西，为什么这世界的人都不懂呢？流苏想，不是人家不懂，而是爱的体悟需要机缘和感受力，没有机会和热情去感受爱，即便爱在身边也会擦肩而过。的确，只有经历一些事情的女人才能懂得别人眼中的泪水和笑容的意义。

　　每个人的存在都是有意义的，但这种意义如果不是经由自己发现，往往会令本人感到存在的空虚和生命的孤独。人类从诞生到这个世界开始就在不断探索和渴求，渴求自己喜欢的人和事，试图得到他们，同时避开自己不喜欢的。但由于人始终无法逃离自己，因此必须慢慢学会认清楚自己到底想要得到什么，企图逃避什么，否则将会永无止尽地陷入幻觉和自我冲突里。痛苦的回忆也会随着不幸的现状和当下的彻骨寂寞而不断重复显现，成为更折磨人的工具。也许除了得到一份真爱，不存在其他更好地抚平痛楚和过往伤痛记忆的良药了。在爱里合一的经历可以帮助人们从过往的恐惧和寂寥中彻底解脱出来。

2

古相思曲

（汉）乐 府

君似明月我似雾，雾随月隐空留露。

君善抚琴我善舞，曲终人离心若堵。

只缘感君一回顾，使我思君朝与暮。

魂随君去终不悔，绵绵相思为君苦。

相思苦，凭谁诉？遥遥不知君何处。

扶门切思君之嘱，登高望断天涯路。

　　爱情就像一场重感冒，烧退了就好……这是一句歌词，意思是说深陷感情中的人会像感冒高烧那样，会失去理智，茶饭不思，会难过痛苦，在希望和失望中夹杂绝望。而爱情这种病毒可以让人有气无力，心力交瘁，求生不能，求死不得。感冒还可以吃药，看医生，而要攻克爱情的病毒，这世上没有别人，唯一的解药就是自己深爱的那个他/她。譬如对范柳原而言，能治好他感冒的就是白流苏这个女人。

柳原自公司在英国上市以来业务越来越繁忙，经常还要往返于香港和伦敦两地。常常焦头烂额的他不知道哪来的闲情接了一份兼职，也许是碍于老友——香港中文大学的副校长、著名经济学教授韩文博的面子，不定期给中大的学生做金融实务方面的讲座，同时答应接收部分优秀学生去他公司实习。

当然，柳原之所以答应这个邀请也是因为他深爱充满鸟语花香的大学校园，中大碧蓝的海景、漂浮的白云、四季常开的花儿令他高度放松和心旷神怡。坐在校园的咖啡厅看着海面的山川和船只，他会产生一种世外桃源的虚幻感。特别是目睹青春靓丽的女学生捧着书在崇基校园的花池边阅读、穿着毕业袍在新亚书院的"天人合一"留影。这些美好的画面让柳原的工作压力和生活烦恼可以暂时得以消散。他尤其珍惜每次在中大的讲座，充满激情地分享和与学生专注的目光交接的刹那，令他感受到一种来自青年人的对他功成名就的敬仰和羡慕。这种感觉不是金钱和业务成交可以产生的，非常special，特别对一个久经商场、渴望学术提升和陶冶的中年成功男人而言，校园和讲座让他获得了爱情、事业之外的一种灵魂满足感。

出于喜欢及重视，柳原每次赴中大讲座都会有一番精心打扮，而每次基本都是由流苏为他搭配选择服饰。流苏喜欢男人穿黑色衬衣和银色领带，配上灰色暗条纹西装、意大利羊皮鞋和 Rolex 手表，让他的成熟男人气质指数瞬间又飙升了不少。出门前流苏一定不会忘记帮他洒上 CK 香水，再检查一遍移动硬盘、讲稿以及给校方人士的小礼物等是否都准备妥当了。

但是流苏几次哀求让她陪同一块儿去，都被柳原粗暴地一口拒绝：never！对此流苏真的挺生气，她大着声对柳原说："你老不让人家去！仰慕你还不行么！也好让我趁机学习学习呀！"

但说着，她的唇已经贴到柳原耳朵根，试图咬他，他敏捷地一跳，逃开了，说："不行，我的讲座不允许熟人在场，特别是爱人！好好在家呆着，乖。"说完反舔了一下流苏的耳朵，痒得流苏大嚷，缩着脖子叫道："我就要去嘛，就要去。欣赏我的男人还不行呀！"

流苏与其说要去学习金融知识和感受中大，更确切地倒不如说她是想趁机在难得的公众场合展示一下范太太的风采。

十几年过去了，流苏已经 38 岁，生过一个孩子，但她的身体依然年轻，皮肤光滑富有弹性，腰部和臀部的曲线如同少女般匀称完美，温软的两朵乳房如绽开的雪白的玫瑰花，小巧玲珑，含苞待放，坚挺依旧，配合流苏最偏爱的黑色镂空线条文胸，全身散发着成熟且具少女纯情的魅力。流苏的腿也如她的上身一样，肤如凝脂。她是那种身子瘦瘦的、腿部细细的，但乳房和臀部丰满的女人。这是最惹男人怜爱和幻想的女人。臀部的曲线，散发诱惑的性感，搭配着这细腿和黑色蕾丝内裤，依然充满学生的清纯味道。在家里，她常常只穿内衣甚至全裸对着镜子欣赏自己的身体，有时还会摆出一些瑜伽的媚姿来。

柳原很是鼓励她的这种自我督促和自我欣赏的行为，称之为真实生活的自我审查，有利于女人保持身材不走样。更好地就是配合小道具比如沙滩帽、丝巾或领带等，让她更吸引柳原，令他永远对她的身体都不能自己。流苏经常会在等待他回家进门的刹那，从门口跳出来，关上门，帮他脱去西装，两个人抱在一起，热吻，柳原总会被她新鲜的内衣款式和颜色所魅惑，情不自禁伸手去爱抚流苏的乳房、翘臀和大腿。相比女人，男人总是更在意女性肉体的诱惑和自己在家庭中所占据的位置，这在成功男性身上尤为明显。但流苏对柳原的依恋，比柳原更多是在精神上的。

这天中午柳原结束了中文大学的一场午餐会,驾车回到位于西贡的家里。整个房子静悄悄的很安静,美琪在幼稚园还没回来,流苏和保姆阿彩大约都出门了。柳原已经吃过午餐,饭后的倦意袭来,他直接脱了外套和袜子,一下把身体埋进柔软的沙发里。不躺还好,一躺突然间感到一阵头晕目眩,浑身上下有种酸痛感。今早醒来的时候,柳原发现身上的被子都被流苏扯了去,他大半夜没盖被子,加上天凉,他知道感冒要发作了,于是爬起来径直去卧室想饱睡一觉,结果发现流苏正半掩着毯子在床上睡着。

他轻手轻脚地走过去,蹲下去看着她,柔软的长发有一簇挂在胸前,长长的睫毛配着深深的双眼皮,脸蛋红彤彤的,柳原不禁低头靠近她,但不敢吻她,怕弄醒她,于是就嗅嗅她的头发,一股玫瑰花的淡淡香味,他深吸了一口气,跨过她的身体躺到一边也睡了。

流感病毒到处存在,如同美好的女子满大街都是一样。能不能顶得住,关键还在于自己的抵抗力。人遇到感情,不能怪对方,不能怪自己,只能怪命运和天意。流苏小睡了一会儿发现柳原就躺在身边,吃惊他如此不声不响,问道:

"喂,你几时回来的?今天见了哪些教授啊?"

但她发现他神情很累的样子,脸色通红,一摸他的额头，火烧似的滚烫。流苏立马跳起来，赶紧去厨房找红糖，窗台上还有阿彩做菜用剩下的半块姜，她又从冰箱搜索到几根葱，取了葱白的部分，给柳原煮红糖姜茶葱白水。同时又奔到楼上抽屉找温度计，一量，38.9度，他确实发烧了。流苏抱怨道：

"叫你昨晚别去打球，事情那么多，身体吃不消。"

柳原一把抓住她的手，摇摇头：

"不是的，肯定是昨晚半夜着凉的。别担心，睡一觉就好，不是太严重。没事，没事。"一边说着，他已经打了两个喷嚏，手还不自主地摸了摸流苏白皙的大腿。

流苏煮好姜茶，端来坐在床边喂柳原喝。每次他生病的时候，她都会这样喂他。看着他病倒的样子，流苏会暗暗好笑，因为那个高大威猛的男人唯有此刻才能乖乖受她掌控，像她的孩子似的靠在她身上。

想起十年前他们刚认识的时候，流苏坐船去香港，跟他一起住在浅水湾靠海的酒店，她在他面前总是故意冷淡他，推开他。而柳原经常会用情话，有时候甚至用带点色色的坏话来逗她，她听了羞涩又快乐，时常不经意地低头，但心底是喜欢他的。

这点她从没否认过。她低头的时候，柳原就会一只手托起她的下巴，一只手从衣服缝隙间摸进去划过她的肌肤、搜寻她的胸，当抓住她柔软的乳房时，流苏总会顺势后退，最后两人甜蜜地倒在床上。流苏至今还记得那种热吻和被爱抚的激动感觉，柳原的舌配合着他的手，在她的嘴里搜寻她的舌，一旦碰触到就深深吸附，无缝衔接，那力度和热度让她透不过气，他除去她衣服后，炽烈地吸吻、舔吮她的身子，从颈到锁骨，从乳到小腹直至全身。

一想到这个，她就用手托住红得发烫的脸颊。那些日子可谓：秋山晓月，踏岚而歌；听弦痴缠，醉卧花间；一抚尘网三千，几多静默如烟。

流苏始终坚信遇到柳原是一种天意安排，而徐太太则是上天安排的使者，通过她把自己带到柳原身边，也把柳原带到自己身边。人与人之间有着不同层级的缘分，能有肌肤之亲的，不管在怎样的情况下都是难解的缘。

实际上，所有恋爱中的人都认为他们的相遇不是偶然的，唯有到了分手的时候彼此才不得不承认，缘分是尽了。流苏珍惜这缘分，一直感恩上天赐给她的柳原，让她原来那段不堪回首的黑暗生活可以彻底地如尘埃般烟消云散。但真爱一个人，不可避免地会在乎他，流苏感到柳原也是爱她的，因为他们同过患难共过生死，但她仍然会时不时担心他出轨的可能性。毕竟一个颇有社会地位且兼具一定经济实力和名声的帅男人，是不乏美貌年轻女子爱慕的。

看着柳原沉睡的样子，她突然邪恶地想，他最好一直这么病着，病了就没能力对别的女人色了。虽然她清楚男人到了四十多岁，哪怕喜欢别的小姑娘也多半是逢场作戏，不会弄假成真。她本以为自己不会吃醋，但每次看到柳原跟印度美女萨黑夷妮在一起的时候，哪怕只是两人交谈，都会导致她感冒，继而大病一场。

那时，柳原还会故意让流苏看到他与别的女人调情，以此引诱她吃醋。确实，每段真爱都会遇到一场爱情的感冒，就像每一个人活着都会经历感冒一样。感冒并非大病却让人备受折磨，但就像相爱如同流苏和柳原，也曾被这样的感冒害得痛不欲生。好在终究两人走到了一起，流苏总算从一个破落的离婚妇人转变为坐拥数亿家产的范柳原名正言顺的太太。

只可惜，大部分的人，在经历一场终生难忘的感冒之后依然成为陌路人。从"激情"到"心淡"除了彼此互相吸引的特质，更重要的还是适合在一起生活的性格。

十年前流苏以为他们走不到一起的，特别是她离开香港回到上海的时候。她一直告诉自己：忘了范柳原吧，就当从来没有认识过他。从那时候起，她已经明白，爱情就如一场大病，发作的时候如同齐奏音符跳跃欢腾的乐队，必须熬着忍着放完全首曲子才能作罢。是的，爱情就像感冒，过了就好。

柳原说不严重的感冒竟然又整整发作了两天，流苏夜里陪他躺在床上的时候，看着他呼呼沉睡。卧室，黑黢黢的空气里带着一种由鼻腔呼出的气味，混杂着柳原的体味，流苏一直认为这是属于她的男人的味道，给她舒适感和安全感。

她背靠着枕头，拧亮旁边梳妆台上的床头灯光，瞬间室内就充满了暗黄温馨柔和的光。她俯身轻轻吻了一下柳原的头发，把脸颊贴在他背上，依偎着他的身体。流苏美丽的长发轻飘在他的腰际，蕾丝吊带的睡衣一边掉落下去，露出她白皙的玉臂。她用手顺着他的背轻轻揉抚及至他的充满弹性的臀部。窗外海浪声声，星光点点，他们就这样抱着，依偎着，迎接又一个天明。

3

新添声杨柳枝词二首

（唐）温庭筠

一尺深红蒙曲尘，天生旧物不如新。

合欢桃核终堪恨，里许元来别有人。

井底点灯深烛伊，共郎长行莫围棋。

玲珑骰子安红豆，入骨相思知不知。

多年来，有一个女人一直在柳原心中萦绕，从未曾离开过，她就是洪静涵。那是他在上海认识的一个优秀女孩，清纯、美丽、聪慧，更重要的是具有一种让男人动心的魔力。柳原比静涵大 15 岁，几乎可以算是她的叔舅辈，但也许正是这种岁月所产生的差距，让柳原更有保护她、关心她、帮助她的冲动。

柳原自从在上海家中度过了适逢中秋的四十五岁生日之后，就感到自己直接进入了知天命之年。这种感觉不是抽象迷离的，而是真实可见的。比如早晨出门，淮海路上散落一地的梧桐叶让他瞬间有种生命枯萎老去的沧桑感，凋零的叶子代替了情人的罗曼史。

晚上回到家，流苏啰里啰嗦地念叨他不爱干净，不打扫房间，用过的牙膏、剃须刀总是不放回原位，整天就知道应酬出差，不关心美琪不陪她玩，诸如此类的烦恼迫使他产生此地不宜久留不如离开的冲动。而在公司里，又因为心不在焉忘记参加尚嘉集团的一个重要签约仪式，而被VIP客户抛弃转而选择其他合作伙伴。

虽然柳原并非太过在意这笔生意的成交，也丝毫没有责怪多年常伴身边的徐先生，但总感觉自己有点力不从心，仿佛四十岁一过，人生顿时冒出很多莫名的烦躁和不安，以及希望眼前讨厌的人和事都消失的感觉。也许是因为他的生日刚好在九月底，时节入秋的缘故吧。

每天加班回家，总是明月已经升空，夜风阵阵送凉，让人感到清醒和冷静。柳原一想到家里孩子的吵闹和老婆的紧箍咒，就会钝钝然坐在车里无所适从。车里很安静，有种小时候在树下看蚂蚁搬家的平静。在这种安静中，放点自己喜欢的音乐，比如 Yanni 的 One

Man's Dream 和 Butterfly Dance 这类动人心弦的曲子，暂且摆脱忧愁和疲惫，让脑袋清空，让身体重新属于自己。

殊不知，这种外界的安静偏偏最有利于思绪的亢奋和冲撞，且不带一丝伪装，闭眼看到的人，竟然还是十年前让柳原动过心的女孩——洪静涵。一想到她，车内小小的空间顿时温暖和暧昧起来，她的脸庞、她的皮肤、她的微笑和她生气说自己神经病的样子，清晰无遗地漂浮上来，整个人开始抽离并且不可控制地怀念她。

静涵与柳原的相识非常巧合。缘于她在复旦大学念书期间赴上海的企业调研，重点针对经营网络和外销的企业开展社会调查。当时恰巧经由政府朋友的介绍，作为公司董事长的范柳原正巧在上海，刚刚搞定几桩大生意，想抽空放松下，于是亲自接待了这位初出茅庐、清纯无比的大学女生。他为她介绍讲解了与课题研究相关的一些业务情况，市场动态和自己对这个领域的初步认知和分析。

他们一共只见了三四次，最后一次仅仅是在公司食堂的角落远远看着静涵与一群女同事吃饭而已。但柳原第一次就被她的美丽和聪慧吸引住，总是会几近失态地盯着看。慢慢地，他更被这个对社会、人生、文学、艺术具有超越年龄深度的理解的女孩深深吸引。当然男人被女人吸引的最重要原因，还是因为美貌。

女性的柔美有两种，一种是性感妖娆，一种是清新可爱。

洪静涵说不上是大美女，但是气质脱俗、纯洁天真，特别加上她发自内在的优雅和知性——结合了学术和文学的修养深造——会给人一种从唐诗宋词中走出来的奇妙感觉，容易让比她年长不少的男性产生心灵共鸣甚至动情。而让男人陷入爱情的原因除了美貌，就是女人的内涵和善良了。

柳原曾经一度觉得遇到了难得让自己眼前一亮的白流苏，就是他一直要的"那个她"。然而此刻，他终究发现这个世界还存在着另一个让他眼睛发亮的女人。毕竟得不到的一直在骚动，被宠爱的总是有恃无恐。

他每每想到静涵，就会有种不明的欲望和癫狂，不能自已地撰写情诗给她，甚至下班后开车去学校接她共进晚餐。但静涵对他的态度，除了视他为哥哥或者一位比自己年长 15 岁的男性朋友以外，没有太多其他的表示。特别当静涵在认识柳原的一年后拿到了美国的全额奖学金，决定去芝加哥大学深造，这份冲动的感情成了一时热闹的空虚，在静涵走后让柳原感到彻骨的寒冷和失望。

也许在洪静涵眼里，范柳原是一个好大哥，好男人，但不是自己喜欢的或者说可以信赖托付的男人。长期以来，也许是受到家庭环境的影响，从书香门第出来的她对商人有种天生的不信任感。外加她马上就要离开上海，不知何时才能回来，她相信柳原这样的男人很快又会爱上别的女人。

因为，他缺什么都不会缺女人。

像他这种英俊有钱又不乏浪漫情调的男人，对不少女性依然具有磁石般的吸引力，而他自己想必也是耐不住寂寞的，婚姻对他来说可能只是生活中很小的一部分，虽然这部分占据了基石地位。

但在分手那一晚，柳原主动提出，请静涵在上海长寿路上有名的餐厅"小芳廷"吃饭，在抬头可以看到星空的无比幽雅的烛光晚餐后，他请求送静涵回家。静涵再三拒绝，但答应让他送到巴士站。静涵至今记得，短短三百米的距离，真是走了好久好久，仿佛跟蜗牛一样，柳原一直在尽力拖住彼此的脚步，他很不舍，很不舍，但又无奈于那些诗情画意，当着静涵的面终究没法施展。

他心里竟然默念着的也是徐志摩的诗：

你先走/我站在此地望着你/放轻些脚步/别教尘土扬起/我要认清你远去的身影/直到距离使我认你不分明/再不然我就叫响你的名字/不断地提醒你有我在这里/

为消解荒街与深晚的荒凉/目送你归去。

　　他走在静涵后面，只是两眼定定地看着她，她快到巴士站的时候，猛一回头，双目对视的瞬间，突然感受到这个男人是真的很爱她，很爱她，是发自心底的喜欢。但她觉得难以承受，在巴士到来的瞬间飞快地跳上去，不经意间回眸窗外的柳原，他像一根柱子，在黑暗中笔挺挺地站立在那里，呆呆地望着她。那一刻，她只求他快点忘记她才好。

　　洪静涵如今想来，当初是太低估了柳原对她爱的深度了。

　　她虽然对男女情爱经历得不算多，但凭她的高情商和对社会关系特别是两性关系的认知，一般男人的花言巧语和阿谀奉承是不会让她动心相信的。

　　在美国的十年间，她偶尔还会收到柳原的电邮，问候她健康平安。但当她问起柳原婚姻是否幸福，有了孩子没有？他都吞吞吐吐。尽管静涵每次都会送给他真诚的祝福，但也始终没有对他的感情作出明确的回应。

　　因为她至今仍然相信，他不该是她爱的那种男人。

　　男人总是以为女人嘴里喊不要的时候，心里是要的，但这得有个前提条件，必须这个女人是喜欢他的，否则女人说的不要就是真的不要。

　　十年后的一次公司聚会上，柳原从市场部主任那里得知静涵在美国结婚了，嫁给一个叫李清义的中学同学，现在是密歇根大学工程学院的教授。静涵在同所大学任职政治学院的助理教授，算得上是事业家庭双丰收了。但听到这个消息的刹那，他顿时感到自己心跳如兔，那晚几乎什么都没吃，瞬间魂魄都飞去了美国。

这十年里他也接触过不少女性，有非常青睐他而向他主动示爱的，有让他觉得有点姿色而愿意亲近的，但他总觉得与静涵一比，她们瞬间就失色了。他虽然生性浪漫风流，但他也是有要求的，并非来之不拒，多多益善的那种男人。

对柳原来说，调情只是因为营造欢乐气氛和让朋友关系变得更愉悦，而非暗示发生性关系的可能。要说真的动心，他与其他中产阶层的男士一样，都是不容易的。他跟好友廖志强律师也坦白过，说自己很难，真的很难，不是女人就想上的呀……

殊不知这种"难"还是源于对精神之爱的高度追崇以及对自己所爱的无怨无悔。他知道他是不可能与静涵结婚的，可一旦知道她嫁给了另一个男人，就仿佛为了某个人和某件事而坚持弥留的病人，瞬间希望全都破灭而濒临生命尽头。

然而，就在柳原四十五岁生日前，他突然收到一条陌生短信：

"你还好么？我回上海了，现在复旦大学的政治学院工作，祝你顺利安好！洪静涵。"

不知道静涵回来还好，一旦知道了，头脑中想再见她的欲望如烈火般焚烧。

很想看看如今的她是否依旧？是否还是那么漂亮迷人？是不是成熟了很多？是否做了妈妈？

一系列想法和疑问令柳原在忙碌之余眼前不断出现静涵十年前的样子。他深刻反思过自己，深知自己是个外表理性实际非常感性的男人，特别在精神上具有高度的追求。也正是因此他难以接受与一个不爱的女人结婚，但又清楚对静涵的爱只是一个梦。

因为他觉得只有白流苏是与他同生死共患难的女人，命运告诉他她是他的妻。柳原在家庭、事业和小孩方面都可以做到成熟稳重让他人满意放心，唯独对静涵，好像吃了迷魂药，可以魂不守舍，举止异常，然而他却又深深沉醉于这种异常状态，因为现世只有洪静涵一个女人可以给他这种爱和心动的感觉。

然而他不知道，如果他此生得不到流苏的话，也会产生同样的感觉。他现在想得到静涵，疯狂地想得到她，至于这得到的含义，他还没有时间去细想。

夜晚下班静坐在车里，柳原犹豫着怎么安排，请静涵吃饭见面。不经意间他听到电台播放的一首江美琪的

《夜的诗人》的背景音乐，女主播正在朗诵姚若龙的诗《许我向你看》：

> 我半生穿过枫叶　抖落白雪
> 就为奔向你面前
> 由你在我手心塞一片春天
> 从此忘了时间　忘了世界
> 在你的眼里飞舞　盘旋
> 开出只有你我看得见的玫瑰
> 我再也不用撰写诗篇
> 因为我们已经在诗里面
> 当我的内心世界被你的眼睛细细翻阅
> 我终于了解　幸福的细枝末节

　　他听着听着突然感到眼角的潮湿和鼻子一阵酸，想想瞬间自己恍然四十五岁了，再过五年就过半百了，生命虽属于自己但也只是沧海一粟，已经承载了太多的无奈，聚散离合，痛苦欢笑，以及永恒的思念、难舍和追忆。

　　他历来不愿意让生命留有遗憾，虽然在同事朋友眼里，他有一个愿意为他做一切的贤淑太太，有一个可爱的小女儿，但他总觉得缺了点什么！

对，总是缺了点什么，让他觉得要去追，无怨无悔，哪怕能在活着的日子里看看最爱的人！对，就是最爱的，没啥不好意思承认的，看看她是否依旧，是否需要帮助，是否幸福，心里就踏实了。

范柳原承认，他有一颗不安分的心。

于是，他回复了静涵一个短信，约她中秋之后的一个夜晚在老地方——"小芳廷"晚餐。

静涵竟然很快回复他，她答应了。

他看着手机屏幕上那两个字：好的。突然觉得希望和激情都来了，一种莫名的紧张感通过神经末梢传遍全身。至于这重逢能带给他什么，或者是否可能改变什么他毫不在乎！

静涵发现，男人只有在"情人"的面前才会乐意故作成熟又毫无防备地展现自己的幼稚和天真，甚至会做出很多平时很少出现的可爱表情来。当然这情人特别是指他爱的人，而不是爱他的人。

他因为晚上与静涵的重逢，紧张得一夜没睡好，骗流苏说晚上有应酬，不回来吃饭，要晚点回家。心烦意乱间他的嘴角爆了几颗痘痘，这更加重了他由内而外的灼烧感，搞得他魂不守舍。

这天傍晚偏偏大雨，静涵穿了一席印着青花细纹的素色旗袍，依然选择她习惯搭乘的巴士来到小芳廷。

欧式的昏黄的灯光散发着朦胧和幽远的意境，所有的餐具都让人仿佛回到中世纪的浪漫和古典，也许这就是此处的独特所在。每次来，静涵还会看到门口的花园里总有蝴蝶在此盘旋飞舞，风雨无阻。

当静涵进入柳原视线的刹那，他倏地一下从椅子上跳起来，静静凝视着她，她一点都没变，还是那么纤瘦那么美！

他好想冲上去把她拥入怀中，亲吻她的唇，但无形的生疏感和公共空间的氛围让他竭力克制自己。他告诉自己，如今的静涵已经是别人的太太了，不再是以前的单纯小女生了。

他觉得此刻几乎可以感受到自己心跳的节奏和韵律，如此清晰和有力。他示意静涵坐下，依旧风度翩翩地给她泡茶，眼角的余光从未离开过她的脸庞。

十年不见，他感到她瘦了很多，是一种苍凉的削瘦，皮肤依然白皙，嘴唇还是那么性感，头发还是那么柔顺。她还是那么清纯，那么优雅，让他着迷。静涵还未开口已经深深感受到了柳原情绪的激动，爱的激情从他的炽热的眼神里暴露无遗。

她心里除了久违的感动，更有一种良心的不安，因为自从得知柳原听到她结婚之后的反应，令她对他的态度有了明显的转变。这种转变，并不表示能够接受这份爱，而是感动于有这样一个人，十年如一日这样地在乎她关心她和为她付出，而她也曾同样地将这样的爱给过另一个男人。世间的感情总是这样循环交替，年复一年，日复一日。

红酒的暗香伴着小芳廷露天屋顶漫进的桂花香味飘摇在夜色中，空气里充满了一股让人沉醉的甜。

静涵与柳原交流了这十年在美国的学习、工作和生活的经历，言语中隐约透露着一股经历人世的坚强，特别在她这几年在学术上的成就，出版了不少具有国际影响力的论文和书籍。

柳原只是目不转睛地看着她，听她诉说，他手里握着酒杯，一语不发，空气如冰凝一般静止。静涵发现了他对她依然如故的这种深情，有点感动！于是问起他的家事，特别关心他的太太和孩子，一边帮他夹菜，柳原瞬间觉得这是极其荣幸的事情，仿佛菜也变得舍不得下肚。而在家流苏天天做菜给他吃，早已经没有了这种受宠若惊的感觉。

他不想隐藏他对婚姻的看法，反而出乎意料地太过真实地告知静涵，我选择结婚因为需要一个生理和生活上的婚姻，流苏可以扮演这个角色；而精神和灵魂上的婚姻则是与另一个人。刚结婚的时候激动过一阵，特别有强烈的欲望和感觉，但那么多年过去，生活基本回归平淡了。静涵看着他深邃的眼睛，心底有一丝怀疑：

"柳原，这样的话你大概跟不止一个女人说过吧？"

"开玩笑，你当我是什么人！"柳原暧昧地回答道。

蓦然间，静涵瞥见他耳鬓有几根白发在灯光照射下闪闪发亮，心底瞬间有种触动，那是岁月的痕迹么？但奇怪的是，这些白发让静涵觉得眼前的男人充满魅力、深度和儒雅。

她微笑地对柳原说："柳原，我一直想问你一个问题，你在临死前，会怀念你爱的人还是爱你的人？"

柳原睁大眼睛看着她，真有点被她的问题问懵住了。他转头望着窗外远处摇曳的红色灯笼，略有所思地说：

"放不下我爱的人和不怀念爱我的人都是修炼不到家的表现，我们周围都会存在我爱的人和爱我的人，可以和爱我的人一起生活，生孩子，朝夕相伴就是婚姻的意义和价值。而去回忆、挂念和追随我爱的人，这是生命的意义和价值！"

静涵的内心有种怦然一动的感觉，她又问：

"那么，你是要从你爱的人那里得到什么呢？"

这时候，一位女侍者正在帮他们倒茶换盘子，听到了静涵提出的问题，感受到她沉静的气质和美丽的容貌，不禁多看了她几眼。

柳原笑了笑，用手托着下巴对着静涵说：

"得到什么？我不要得到什么，我只要看到她，依然美丽，依然快乐，依然幸福就可以了。当然，呵呵，我希望她的幸福是我给的，并且，我不要她那么瘦才好。"他的眼睛一直盯着静涵，看着她消瘦的脸庞和纤细的双手，这种苍白和瘦弱让他深感不安，眉头情不自禁地皱起来。

静涵默然无语，一口气饮尽杯中酒，点点头心领他的这种情怀和爱意。此刻柳原突然发现她与流苏有一种极度相似的吸引他的地方，那就是娇嫩的肌肤配着秀气的轮廓，眉与眼都有一种恰到好处的比例，美得不近情理，美得渺茫，还有她们低头时候的羞涩和委婉，让他沉醉。

世界上的人和事就是这么有意思，我们永远没法在喜欢和不喜欢上分出好人和坏人来。对喜欢的人，他的坏的也会变好；对不喜欢的人，他的好也会变坏。但如果带着这种情绪倾向的眼光来看人，难免会陷入偏狭的境地。防止这种情景出现的最好办法就是保持审慎和不断反思自我，在盯着别人的同时，还要看到自己的缺陷和不足。

静涵想到自己也曾对另一个人如此地用情和付出，却没能走到一起；而最后与她走到一起的人就像空气，像大地，让她踏实地活着。她不禁叹气微笑，只是这笑容充满了苍凉和无奈，与秋天的落叶一样无声无息地躺在大树根旁，等待冬天的靠近。

饭后，静涵依然拒绝了柳原的相送，因为的确，送别会让人难受和悲伤，这也是为何柳原从不愿意送人的原因，但唯有对静涵例外。柳原试图与她约定下一次的再见，但静涵觉得也许已经没必要再见了，也许这是最后一次见面，也许自己的消失可以给还给他一份宁静和致远。但又也许，这样会带给他更大的痛苦和失去精神之爱的彷徨。

柳原不知道为什么这个世界上的女人，只有静涵总是对他如此的冷淡、无情，不肯成全他，哪怕只是一次吃饭、一次相送、一次拥抱！而更诡异的是他唯有对静涵愿意这样毫无保留、毫无架子地去做！也许这就是上帝的玩笑吧，你越是在乎的，越是得不到！但这就是爱的力量，爱就意味着解除强力，甘愿示弱。

天空下起了小雨，蒙蒙的细雨轻绕着街边的路灯，在上海的天空中飞舞。静涵想一个人走走，她打着伞沿着长寿路往南，一边回想柳原的话和他对自己的情意。感恩生命中遇到的极致的喜欢，就是一种一个自己与另一个自己在光阴里的隔世重逢，愿为对方毫无道理地盛开，会为对方无可救药地投入。脾气、情趣和品性相投或相遇，都不过是浅层的喜悦。最深层次的喜欢，就是这种爱，是生命内里的粘附和吸引，是灵魂深处的执着享受与深情对望。她回眸看背后，拐角处有一个黑影矗立在那里，直愣愣地一动不动，静涵立即加快脚步，沿着常德路径直奔去……

情人的好处，也许就是可以让人直面自己身体里与生俱来的笨拙和孤独，由此便能够彻底谅解过去的自己。在面对未来人生的时候，虽不聪明但诚恳，虽会犯错但坦然。

4

国风·郑风·子衿

（先秦）佚　名

青青子衿，悠悠我心。

纵我不往，子宁不嗣音？

青青子佩，悠悠我思。

纵我不往，子宁不来？

挑兮达兮，在城阙兮。

一日不见，如三月兮。

柳原因公司业务需要，让徐先生订了港龙航班的机票，几个公司的助理跟随他一起连夜赶去了上海。看着柳原的车离开院子，流苏牵着美琪的手，站在门口跟爸爸挥手道别。

"嘭"的一声，流苏听到大门重重地关上，不知何故，强烈的寂寞感瞬间占据心房，通过神经之网传递到全身，继而转为一种不安和惶恐。

自从嫁给柳原后，很多年里流苏都已经不再有这种感觉，此刻却又辗转重现，流苏紧紧抱着美琪，吻着她的小脸。她关上房门，靠在沙发上想柳原，顿时，她觉得香港成了异乡，她的心也飞去了上海。

第二天，徐太太约了流苏去铜锣湾一个上海师傅那里订做旗袍，结果客人多，拖到五点半才选好布料量完尺寸。两个女人的老公都去了上海，剩下的她们倒成了须臾不可分的闺蜜。

徐太太建议不如晚上一起去利苑晚餐，流苏想到阿彩一个人带着美琪不放心，还是婉言拒绝了。她急着回家，却半个钟打不到车，只好跟徐太太道了声不好意思，匆匆钻进地铁。

此刻地铁站内人头汹涌，她穿越长长的充斥着匆忙脚步的地下过道，跳上列车，到九龙塘出来又穿越人群转换到调景岭线，心里期待着到家的站点，快快抵达。

出站回家的路不长，但是寒风凛冽，天色欲雪，流苏一回家，就看到美琪大哭，吵闹着要出去玩，阿彩一个劲地讨好她，给她削苹果、看漫画。客厅的桌上堆积着成堆玩具、书籍、茶杯、酒瓶、笔、黏贴纸、零食饼干、朱古力和面包以及各类水果和茶叶，乱得让人心慌！

流苏一边叫嚷着要求美琪停止哭闹，一边赶紧奔到二楼阳台收衣服。然后嘱咐阿彩给美琪吃水果看巧虎。

她进入厨房，打开炉子炒菜，同时从冰箱把阿彩中午做的鸡汤和鱼放到微波炉热。一顿忙乱的晚餐之后，美琪终于不哭了，对着阿彩叫道：

"我要吃优格，要吃优格"。

流苏看她调皮的样子，特别是笑起来跟柳原真是一个模子里刻出来的，而且那种不达目的誓不罢休的精神也通过基因传递到了美琪身上。

"不行哦，你还没吃饭，不可以吃其他的。乖，让阿彩姐姐先喂你吃饭，然后再吃优格，好不好？"

美琪敢对阿彩发脾气，对柳原撒娇，唯独对母亲的威严不太敢反抗，顺从地吃了一小碗杂粮菜粥和一个流沙包。然后一边舀着优格吃，一边看流苏煮咖啡。

美琪特别喜欢站在小凳子上，看流苏把咖啡粉倒入咖啡机，注入水，然后"咕噜咕噜"，咖啡流入壶中，她会拍手叫道："Coffee，好中意，妈咪饮。"

然后，流苏再次重复相同的动作，再把两次的咖啡混合在一起，这样浓度会更为调和、口感会更好。也许这是她把长期煎中药的习惯性动作转移到了煮咖啡中。

阿彩收拾完厨房就上楼给美琪洗澡，流苏一个人捧着咖啡，走到阳台，让冷清的空气扑向自己的面庞，深吸一口气，感到一种冰凉的清醒。天边的圆月特别明亮，她遥望远方，可以看到西贡的海和点点光亮的渔民的船只，在海上闪烁。

香港是一座繁华中弥漫着寂寞的城市，尤其对住久了的人而言。流苏闭眼总会看到黄浦江畔看风景的人们，江面上穿梭的船只，飞翔的白鸟和行驶于浦东浦西之间的摆渡船。这是印刻在她生命深处的城市。

然而，怀念归怀念，毕竟她嫁给了柳原，一如她嫁给了香港。对上海的不舍也一点点磨灭，这在很大程度上与她冷漠的那个大家庭也有密切的关系。除了唯一与她亲近的妹妹宝络，其他人都冷如冰霜，甚少往来。即便他们有时候故意想靠近这个有钱的六妹，她也明显态度冷淡。因为拜赐于这群亲戚，让她深深明白这世界上朋友是好过亲人的！

然而上海的美就是因为她的残缺和破损，不完美但真实。如同这忙碌而真实的家一样，虽然凌乱吵闹，但这就是她要的家。

十年前她多么憧憬一个真正属于自己的家。曾经跟唐一元建立的家不是家，只是一个令自己屈辱、悲愤和失望的卖身地。当时她每次去徐太太家做客，总是无比羡慕她嫁给一个那么疼爱她听她话的男人，向往徐太太家里那种温馨的感觉和拥有属于自己房子的美好。

十年后流苏结婚了，虽然她知道柳原是爱她的，但他经常忙于工作，很少在家吃饭，更鲜有时间陪她和美琪。她越来越生出一种感觉，所谓的家的温馨也许只是一种幻觉，寂寞始终是生命的本质。

在这个世界上，有些女人是永远不会变老的，这是由自己的心态决定的。如果试图分辨现在和以前的最大不同，无非是看待事物的眼光发生了变化，但这只与经历有关，与年龄无关，虽然年龄的增长与经历的累积是同时发生的。

流苏知道，她如今看待事物的眼光未必就见得明智了，但相比过往，眼睛一定会更亮，有人说这就是过了三十岁的心得。十三岁的时候常常幻想三十岁的自己会是怎样的一副样子？时间过得好快，到了此时才发现，恍然一瞬间，三十多岁的自己也许更有魅力和睿智，去面对这苍白的人世。

一切事物都有一个发展的过程，从无到有，从有到无，爱情也一样。高潮的时候犹如病毒的发作一样不可控制，即便是吃药也要发作过了才好。经历这个过程，如同亲眼看着毁灭的发生，慢慢毁坏，毁坏到一定程度，空虚破碎，然后单纯完整的初始再次呈现。生命如此，感情如此，一切皆如此。

她想要的是柳原经常可以陪她，保持着他们最初认识的状态，紧张兴奋而甜蜜的感觉涌在心头。可她现在已经清楚知道，这是不可能的了，回不去了，柳原已经回不去了，她应该也已经回不去了。

他们之间，已经随着十年的婚姻进入了漫长的周而复始的循环，亲情取代爱情，她最畏惧的情景始终还是出现了，这就是时间的奥秘。岁月在治愈各种创伤的同时，也日益磨蚀了人们的情感。如何可以找回激情呢？

流苏懂得，时间可以磨淡一切，抚平一切。更何况，她自知她已经比很多女人幸运，因为她没有再一次因父母之命嫁给自己不爱的男人。她因为经历所以懂得，因为懂得所以慈悲，她知道，与一个思想和精神上不能相谋的人勉强结合是人世间最痛苦的一件事……

明白了这些，她就不再奢望十全十美的人生了，十全九美已经很好。只可惜，即便明白了，流苏还是要付出全部去追求那十分之一的残缺，因为柳原对她的生命来说就是那一，一就是 ALL！

第二部

探　寻

1

蝶恋花·鱼尾霞生明远树

（宋）周邦彦

鱼尾霞生明远树。

翠壁粘天，玉叶迎风举。

一笑相逢蓬海路。

人间风月如尘土。

剪水双眸云鬓吐。

醉倒天瓢笑语生青雾。

此会未阑须记取。

桃花几度吹红雨。

晚上八点，柳原走出香港赤腊角机场的贵宾休息室，提着公文包登上了飞往上海的港龙航班，身旁的徐先生一脸疲惫，倒在座位上就呼呼大睡。

柳原也深感疲惫，特别是近期的公事忙碌繁杂，OT加班不断，让他的大脑一刻不停歇。

他靠着头等舱的座位，看着窗外逐渐变小的山头、船只和岛屿，心里想着的是上海，上海！

许久没有回去了，自他娶了流苏，他就从内心里接纳上海这座城市为自己的第二故乡。他很庆幸可以立足香港并拥有一个上海太太，这是他从年少时候开始的梦想，要全方位地占有充满浪漫小资魅力的上海女人。

他跟朋友同事客户介绍流苏的时候，总是略带自豪地说："这位是我太太，范白流苏，上海人。"

而流苏总会在这样的场合得体地展示她温柔、大方而又充满魅力的招牌笑容。

的确，上海和香港这两个城市就如同柳原和流苏，他们拥有极其相似的历史、文化背景，却演绎各自不同的命运。柳原特别喜欢上海话，他觉得这是世界上最适合女性，特别是漂亮女人讲的语言。而他对上海话的认知，大致都来源于流苏和她的原生家庭。

想着想着，他迷迷糊糊快睡着的时候，突然感到一阵尿急，解开安全带冲向厕所。他匆忙间忘记了飞机还处于上升阶段，禁止乘客起身和使用洗手间。此时头等舱的空姐发现了他的冒失，立马高声禁止：

"这位先生，现在不可以使用洗手间，飞机还在上升！请你回到原位，系好安全带！"

柳原已经冲到厕所门口，听到空姐的声音回头不经意间朝她的方向看了一眼。然而这一瞥令他的目光难以再次从她身上转移，甚至连尿急都忘了。

这个空姐长得太像洪静涵了！

一样的脸型——瓜子脸，同样白皙和瘦削的外表，连声音都非常接近。

不知道为什么，倏忽间，他感受到自己心跳的强烈。与静涵相比，她更具有女性的端庄和妩媚，特别在空姐制服和妆容的衬托下，凸显其细腻白嫩的皮肤、性感的唇和丰满的胸部。

柳原自知冒失，对她笑了笑，还微微欠身鞠了一个躬，赶紧回到座位上，摸索着安全带。眼睛还频频回头看那空姐，四目相对的一瞬，他感到有种触电的紧张感和尴尬，让他惊慌失措。

十分钟之后安全带警示信号解除，空姐走过来示意柳原可以去使用洗手间了，柳原点头报以腼腆的微笑，依然有点紧张地看着她为他倒茶、送点心和哈根达斯冰激凌。他突然间萌发出一个想认识她，与她成为朋友的欲望。柳原赶紧从公文包里掏出一张小纸片，快速写道：

"美丽的小姐您好，非常感谢对我安全的关心！能否冒昧询问一下您的联系方式，诚恳希望与您深入交流，成为朋友。范柳原手机：96773545。"

他把纸片折好，等待她经过收取餐盒的时候，用一种诚恳并颇有几分暧昧的眼神望着她，给她塞了这个纸条。空姐顿时间有点脸红，羞涩地对他回了一个微笑。柳原高兴地露出牙齿对她傻傻地笑着，他感到好久好久没有那么天真自然的快乐了。他没有多想他想做什么，只是凭借眼缘和好感，希望与这位美丽小姐可以在航行结束后继续彼此的缘分。

"告诉我，你叫什么名字？"

仿佛难以抗拒他的好意，她笑了笑，轻声说，

"我叫 Wendy，张雯绮，先生要不要买几支我们航班专为头等舱乘客提供优惠的 YSL 圣罗兰唇膏，可以送给朋友、家人。颜色和效果都非常好，我们今天有特价。"

柳原发现，她不仅五官长得像静涵，说话的神态，气质，小巧的身材都跟静涵如同一人。他坐直了身体，略有所思地说：

"张小姐推荐的产品肯定不会错，能否告诉我你们机组有多少位空姐呀？"

雯绮觉得奇怪，疑惑地回答道："机组？先生，我

们共有六位空姐。"

柳原看着她很温柔地继续笑着："帮我包八支 YSL 唇膏，型号你帮我选，你们机组成员一人一支，剩下两支给我打包拿过来。刷卡！"

雯绮非常惊异，柳原竟然给全体机组人员送唇膏，她连忙致谢：

"先生，非常感谢你的好意，我们不方便收下的。请你理解！"

"有什么不方便的，小礼物表达一下你对我人身安全和完美服务的感谢，就算是给你们机组人员的心意。不必客气！按照我说的办吧！"

说着，他已经把信用卡交给了空姐。他们的对话令一旁的徐先生也从梦中苏醒，他一边揉着眼睛，一边大致知道发生了什么事。范柳原给美女买东西，那是经常有的事情。但他觉得对空姐示爱，那还是生平头一次。他蹭了蹭柳原，小声说道："喂喂，老板，你这是……哎，你这……嘿嘿，想干吗？"

"你睡你的，shut up！"柳原瞟了他一眼。

转头张小姐帮他包好了八支唇膏，他从中抽出两支，剩下的示意送给机组的空姐们。雯绮笑了笑，真诚地说：

"那就谢谢范先生了，范先生这么客气，希望我们的服务可以让你得到最舒适的感觉。"

柳原示意她低头靠近他，在她耳畔说了一句：

"记得跟我联系！给我一个 chance，请你吃饭！"

张小姐赶紧看了看周围，心想今天碰到鬼了，不过这男人挺有意思，她不禁低头笑了笑。当航班降落到上海虹桥机场的时候，柳原走出机舱感到一身轻松，他拍拍旁边老徐的肩膀，

"走，先去喝两杯，放松下！"揽着徐先生走出机场。司机已经在外等候，轿车载着柳原，在上海雾色迷蒙的夜里向市区驶去。

2

国风·王风·采葛

（先秦）佚　名

彼采葛兮，一日不见，如三月兮。

彼采萧兮，一日不见，如三秋兮。

彼采艾兮，一日不见，如三岁兮。

　　位于陕西南路的马勒别墅是上海一座享有盛名的有历史的酒店。1927年，英籍犹太人马勒委托当时著名的华盖建筑事务所，设计建造了这个私人花园别墅。别墅内有草坪、喷泉和花园，主楼有三层，凸显斯堪的那维亚式的北欧建筑风格，还有露天音乐台，经常会有乐队演奏着优雅乐曲。整个建筑以其赭红色的复古沉静格调掩映在城市绿地中，给人浪漫、伟岸和高雅的气息。

因为主人马勒钟爱马和狗，所以园内建有马冢和狗坟，并置有青铜马像、大理石墓碑。

结束了公司会议之后，范柳原的私家车驶入马勒别墅。他穿着淡蓝色的衬衫，黑色西装搭在肩上，一只手插在裤袋里，悠然地走进大厅。今日阳光明媚，柳原高效率完成工作后心情极佳。

马勒别墅的主楼与附楼连接在一起，高高低低，屋顶陡峭，整体上有一种凹凸变化的奇致感。门窗呈拱形，内附两座高大挺拔的主塔，像剑鞘般，顶上开了多层小窗。

室内格调复古高雅，楼梯、地板和壁炉均为红褐色，墙上雕刻着浓烈西方风味的图案，以及悬挂的一幅幅历史悠久的经典油画，配合亮黑色的三角钢琴，整座别墅给人梦幻城堡般的美好和遐想。

这是柳原最中意的一处约会休憩之地；或者更确切地说，是柳原选择私密幽会的重要场所。唯有此处，如世外桃源，可以长久且持续地给予他一种熟悉的陌生感，紧张刺激、绵绵不绝，就跟这座城堡的神秘复杂装饰一样，让人痴迷，难以自拔。

这几日柳原与张雯绮频繁联系，她的开朗、洒脱和略带天真幼稚的小女人味让柳原有点沉迷。他甚至觉得相比静涵的过分庄重和对他始终保持的距离，雯绮给他更强大的吸引力和快感。

他不喜欢女人太过放荡和主动，但也不希望女人过分矜持和严肃，那样，难免失去了很多调情和乐趣。他在与雯绮的聊天中感觉到一种暗示，雯绮有个交往了数年的男友，是个旅行社职员，对她来说必然是缺乏一个美丽女人所需要的足够仰慕感。

这正好符合柳原的情况：我可以给你你要的舒适和仰慕，但我只需要你做我的情人。

当他们在这一重要原则上达成一致看法的时候，柳原更喜欢这个女人，他从心底开始珍视这段飞机情缘。因此，他特意安排他们的第一次约会在他一如既往青睐的马勒别墅进行。

"明天下午三点，到陕西南路马勒别墅见面，我在咖啡厅等你！"柳原挂上电话，整个人靠在公司旋转椅上，面对着窗外的高楼和眼下的繁华上海，露出了满足的笑容。

当雯绮穿着一袭半透明的蕾丝连衣裙，化着淡淡的粉妆出现在马勒别墅的时候，他被她的美貌、气质和动人微笑吸引，目不转睛地看着她，示意她坐下，并吩咐waiter要了一杯柠檬红茶和一盘水果。

雯绮对他笑笑，发现今天的柳原比起飞机上的样子更具有男性魅力，也许因为他刻意蓄了胡子的缘故。她看着周围的环境，马勒别墅是她在上海生活了二十多年来第一次进入。

"谢谢你，柳原，我从没来过这里，非常喜欢，真美！"雯绮含笑看着他，瞥见他手腕上的 Rolex 手表，在阳光下折射下散发着闪亮的光。她故意移开目光：

"你经常在上海和香港两地往返么？"

柳原点点头："此地，只属于我和我的爱人。在上海，若不来看看马勒，岂不枉活一生？"

雯绮抬头看着绚丽的屋顶上类似教堂的壁画：

"是啊，这里真如童话世界一般，太富丽堂皇，怎么看也看不够的感觉。"

柳原突然起身，坐到她的旁边，侧着头靠近她的脸庞，幽幽地说：

"我们不止要在这里看，还要体验，懂么？"

柳原从口袋里拿出两个小盒子，用他戴着钻戒的右手打开盖子，一条 Swarovski 红水晶项链和一个 Pandora 的经典款手镯。

"喜欢么，上楼，我来给你戴上！"柳原用最温柔但又是命令的口吻在她耳畔说道。

雯绮有点怔怔地，活了二十六岁，还从没有接触过任何一个如此直接、干脆又让人难以抗拒的男人。她闻到范柳原身上一股让人心醉的淡雅香味，说不出是哪种香水的味道，手里握着给她的礼物，让她高兴到晕眩。

"来马勒不止是看，还要体验"这句话，是范柳原对她的求欢么？

追她的男人也是不少的，如果对一般男人，雯绮一定会嗤之以鼻甚至把他大骂一顿。但是她面前的是范柳原，他有一股魔力，把她引向他。

在这里，他就是她的马勒，她的主人，对此，她心甘情愿。

柳原一口饮尽杯中酒，示意她起身。雯绮一手抓起包，感觉此刻自己的身体恍如浮萍，往哪里漂完全随着外力的指引，但是没有一点不安全感，反而让她觉得很踏实。

他们穿越长长的走廊，雯绮缓慢地移动着脚步，欣赏周围墙上精致的画作和照片。这些泛黄甚至黑白的相片，让她有一种穿越古今的梦境感。

她跟着柳原的步伐上了二楼。他推开房间的门，室内华丽安静，一株尚未开放的百合静静坐在茶几上，对着她微笑，旁边是两杯红酒。窗帘半掩，微微透着午后的阳光，斜射入房内。她走近茶几，举杯一饮而尽，柳原站在她背后，也拿起他那杯喝了下去。

柳原从后面环抱住她，雯绮年轻富有弹性的身体让他感到冉升起强烈的欲望。他把她的脸转向自己，用手拨开垂到她眼际的头发，凑到她耳边细语：

"雯绮，我要你！"

雯绮闭上眼睛，感受到他的唇紧贴她的嘴，加上强力的紧紧的拥抱，这力量之巨大让她简直透不过气来。这是她从未感受过的男人的力量，不容她挣扎却又让她感到安全和舒适，她享受这种紧密的拥抱和湿吻，让她跌到世界边缘的外头。

柳原一只手托起她的头，舌头探入她的唇，一只手撩起她的下裙摆，开始在她身上探寻起来。他享受着雯绮的大腿翘臀和细腰，然后熟练地扣开了她内衣扣子，顺势把她压到床上。俯瞰雯绮的角度让他更有占有她的冲动。此刻，她身上只剩半截裙子和内裤，黑色的蕾丝掩盖着一个神秘醉人的世界。

"把内裤脱了。"柳原的语气平淡而不可抗拒。

她望着他的眼睛，慢慢脱下内裤，但是紧张让她不由自主地抓住他的手臂。柳原拎起一个枕头塞到她头下，随即抬起她的臀部，以世界最强的力度进入他们的桃花源。快感在柳原全身蔓延开来，并且随着他的抽动而不断扩散、融化、持续，那一刻，他们的爱在昏暗的马勒别墅的温情房间里化作了无限。

"雯绮，你好美！做我的女人吧！"

她躺在床上蜷着身体，柳原张开双臂环绕着她，将头埋在她丰满柔软的双乳里。对雯绮来说，范柳原强行打开了她的私生活之门，特别是当着他的面脱光衣服，躺着看到她上面的男人分开她的双腿进入和占据她最私密之处的那一刻。

柳原打破了她循规蹈矩的空姐生活和与男友平淡而自然的恋人关系。她有一种出轨的不安，但是却没有罪恶感。

她不知道她答应来马勒别墅见柳原，是为了什么。是因为他的魅力？他的经济社会地位？还是因为一种不可言喻的神秘和刺激。女人与男人一样，要抗拒异性的强大吸引始终是件不容易的事情。只是男人更多在生理上失控，而女人是在心理上失控。

柳原抱起雯绮坐在床上，亲自给她戴上红水晶项链，她雪白的肌肤加上性感的锁骨，更加映衬出女性的身体之美。他们望着墙上大圆镜中映出的自己，柳原抚摸着她的脸颊，轻轻咬了一下她的耳垂，双手依然在她的酥胸上揉捏爱抚。阳光透过窗帘射进屋内，柳原斜躺着，用手轻轻拨开遮住她的头发，静静欣赏着青春女性的身体在阳光下爱抚又熟睡的样子，他不禁莞尔一笑。他喜欢享受沉醉于这种岁月静好的虚伪感中，因为人世太多繁忙和无奈，这一刻就是对世俗的逃遁。

他觉得这个女人比他接触过的其他女人都更为温

顺，是的，他要的就是温顺。美丽的女人多得是，但唯独缺乏一种发自内在的温顺。这一点也许是因为白流苏太过聪慧和精明而让柳原急需从其他女人那里得到补偿的女性特征。男女之间自古就无法是公平的，光从生理特征角度就注定了男性的强和女性的弱，男性的主动和女性的被动。

范柳原是她所遇见的男人中最优秀的，雯绮暗暗想着。然而，她知道，他不属于她，光凭她，是 hold 不住这种"优秀的"男人的。尤其是她不会傻到以为除了妻子以外，范柳原只会跟她一个女人上床。然而她不在乎这些，她愿意去体验，做他的情妇。因为她感到柳原的善良、正直和英俊。当然，他床上的猛烈和男性的魅力更彻底地全方位地占据了她的身心。

她偷偷庆幸柳原给了她这种前所未有的成为女人的体验。她觉得跟柳原做爱，才让自己真正成为了女人。原来女人并不是因为跟男人发生第一次性关系而成为女人的，而是遇到一个可以征服她身心的男人才变为女人的。有了这一层领悟，他们之间彼此更加吸引，因为她不会给他带来公开他们私密关系的威胁，不会提出更为过分的不合情理的要求，从而也让他与她的亲密关系在马勒别墅得以维系。

3

车遥遥

（宋）范成大

车遥遥，马憧憧。

君游东山东复东，安得奋飞逐西风。

愿我如星君如月，夜夜流光相皎洁。

月暂晦，星常明。

留明待月复，三五共盈盈。

　　柳原结束与美国投资贸易公司的洽谈会，回到办公室疲惫地倒在办公椅上，墙上的时钟已经指向七点。他打开窗户，极力呼吸新鲜空气。窗外天色渐蓝，远处中环半山的楼群灯光闪闪，香港开始展现她独特的夜晚的媚态。

最近他在忙碌之余时常会反思自己行为的意义，比如为什么要跟张雯绮维持情人关系，却依然没觉得特别快乐，每次见面亲热之余仿佛感觉她是个极其陌生的女人；或者说雯绮给他带来的快乐持续地太短暂，依然没法满足内心深处的渴求。更深层次地，他一直在探索自己到底在追求什么。

事业的稳定和发展已经不可逆转，只要他沿着既有轨道正常发展，坐拥的资产和物业可以保障他稳定富裕的体面生活。然而当一个人，特别是男人，在通过奋斗和拼搏，取得了事业的成就的时候，他的快乐开始呈现出边际效益递减的现象。财富和社会地位给他带来的愉悦感会越来越小，而精神的追求会越来越高。对范柳原这样的男人，由于他童年没有父母的爱，年幼在英国四处奔波，受人排斥和打压，生活的艰辛和不安定对他造成极大心理影响。他发觉随着年岁的增长，他越来越需要爱，需要满足感。一个事业有成，外人看来什么都不缺的男人，还有什么是他不满足的呢？那就是真爱，他真爱的女人的真爱的回报！

一阵敲门声把柳原从沉思中唤醒，是秘书 Amy 抱着一堆文件进来。

"范总，还没走啊，那么晚了，吃过饭了没？这些文件您明天再看吧。"她微笑地说道。

Amy也是上海人，中文名叫王心悦，她在香港城市大学金融专业毕业后就通过公开招聘被柳原录用，已有五六年的时间。心悦以其清新甜美的外貌、惹火的身材、流利的英文和出色的工作业绩为柳原赏识，把她从HR调入市场部担任经理，继而又晋升为他的私人秘书。

心悦这几年里不仅从没让老板指责和失望过，而且每次与大企业总裁洽谈生意的时候都顺利搞定业务，还与对方建立了非常友好密切的联系，博得各国企业老总的认可和赞许。为此，柳原对她非常信任，加上她貌美精干，可以说也是柳原的红颜知己，每每遇到什么工作或生活难题他也会聆听心悦的意见。

心悦也快四十岁了，照理应该嫁人生子，但她一直都是单身，同事们也没看到过听到过她有男友或者绯闻，大家都好奇这么漂亮的大美女怎么就没人青睐呢。时间久了，很多人才八卦原来她内心一直仰慕和喜欢范柳原，只是知道他已经名草有主加上公司职位的限制，只能远观而敬之。也正因此，心悦全身心地投入到工作中，心甘情愿为柳原和公司的利益奋斗，她早已从内心把柳原的利益跟自己的利益融合在了一起。

柳原对此心知肚明，他周围经常是美女如云，但他从没打过同事的主意。一来不想因为暧昧关系引发不必要的闲言碎语，不利于正常工作和业务开展；二来他一直信奉"兔子不吃窝边草"的哲理，远交而近攻，对公司同事还是保持比较高的审慎态度和距离。

心悦非常关心柳原，除了工作上的事务她也非常关注他的健康和精神状态。很多次，比如柳原感冒了，心悦会悄悄地放两个橙子泡好一杯柠檬茶给柳原；看到柳原情绪不好，会约他去楼下咖啡厅放松，还给他讲笑话放松心情。柳原从她的眼神中可以感受到她对自己的爱慕。对此，他心存感激，但是为了保持距离他恰如其分地控制与她的交往尺度，甚至晚上下班看到心悦一个人在车站等计程车也没有主动停下车送过她。

但是柳原毕竟是男人，人非草木，面对外表年轻貌美的窈窕淑女，长期共事又彼此了解，他不能说对心悦毫不动情。特别当他看到心悦穿着职业西服，露着修长的大腿，自信地与外国客户交流洽谈的时候，他对她也产生出欣赏和赞叹的感情。

很少有女人可以得到他的欣赏，早年流苏也让他仰慕过，因为她的坚强，她的勇敢，但是随着岁月的流逝，长年的共同生活，这份仰慕在彼此的零距离接触和了解、在每日的锅碗瓢盆中渐渐被磨蚀了。

"开了一天的会我一坐下就不想动了，Amy 明早记得帮我订下周去伦敦的机票和酒店，我还是要跟大英集团的 Alex 详谈一下细节，如果有可能我想把他拉过来，直接到香港总部做副总裁。有必要的时候你出马协助一下！"

Amy 一边点头，心想着怎么找机会一起去英国呢，一边打电话到楼下餐厅要求送两份素餐上来，

"记得加两个苹果，唔该！"她对柳原笑笑，

"多吃蔬菜水果，特别累的时候。"

柳原很沉醉于她的安排，让他有一种混合一个上司老板和一个男人的幸福感。Amy 的出色不仅是因为她工作上的表现，更重要的她的高情商令她可以妥善巧妙地处理好各类人际关系。记得有一次流苏到公司来找柳原，恰巧见到 Amy 在他办公室讨论事情，两人靠得很近在研究一个方案。Amy 一看到流苏，马上非常尊敬严肃地称呼她"范太太"，并为她倒茶准备水果，让她不禁对这个美女秘书心存好感。也因此，她更得到柳原的赏识和信赖。

柳原打开音响，《蓝色多瑙河》优美的旋律在房间里散开。他从橱柜里取出一支 1980 年的 Chateau Lafleur 红酒："这支酒 1980 年的，跟你出生的年份一样。"

Amy 惊喜地看着他的眼睛，充满了感动和爱意。看着他倒入杯中，一饮而尽，她真诚地说：

"谢谢你 Lawrence，你还记得我的出生年份？"

"当然，从几年前面试的时候第一次见到你，我就感觉你是众多应聘员工中非常特别的、优秀的。我也相信公司有你是一大幸运！"

"柳原，"她情不自禁地直呼其名，"这是你对我的最好的肯定，我以后也会继续努力，为公司……"

她还没说完已经被柳原揽入怀中，她的唇很快被他紧贴，Amy 瞬间心跳加速，有种不切实际的虚幻感。她曾经很多次幻想柳原拥吻她，终于，但是她难以相信这是真的。此刻她更感受到一股炽烈的香甜的液体流入她的口中，无比浪漫的男人就是这样给心爱的女人"敬酒"的。

"好喝么？"柳原在她耳边低语。

Amy 涨红了脸，像小女生一样依偎着她心仪的男人。音符在房间里跳动，微风从窗口吹入，桌上显示"白流苏"的手机在不断地震动。

"赶紧回去吧，范太太找你呢。"Amy 收拾着餐具，扶着有点微醉的柳原来到地下车库。看他喝的不少，她主动提出开车送他回家，柳原顺从地点点头。

晚上九点半的停车场空无一人，Amy 好不容易找到柳原的车，让柳原坐到后排躺着可以休息，还没关上车门，柳原一把将她拉入车内，热切地看着她的眼睛，

"Amy，我不想回家，你再陪我一会儿。"言语间，他看到她俯身露出的诱人的乳沟，让他觉得热血沸腾。顺手揽着她的腰，狂吻起来，一边揭开她的衣襟，握住了柔软的胸脯。激情和快感充满柳原的大脑，令他无法停止。

Amy知道跟老板之间最好还是保守住底线，避免此后相处的尴尬和关系上的难以把握。但面对一个她爱慕已久的风度翩翩的男人，如今有机会与他体验男女的激情，不论将来，她感到此生都无憾了。可惜的是这么多年柳原也始终跟她保持着相当的距离，直到今天。

如此一想，她反锁了车门，也开始狂热地回应柳原的吻，任由他探索和享受她的身体，她躺在后座上，用力抓着车门的把手，在激情、感动和兴奋中发出呻吟，直到两人紧紧地抱在一起。她抱着柳原的头，轻吻他的发，尽情纵容自己与多年来仰慕和渴望已久的男人融为一体。

第三部

背　叛

1

思帝乡·春日游

（唐）韦　庄

春日游，杏花吹满头。

陌上谁家年少，足风流。

妾拟将身嫁与，一生休。

纵被无情弃，不能羞。

　　周末，万里无云阳光很好，流苏打算陪美琪睡午觉，然后带她去九龙湾 MCL 戏院看卡通电影。看着美琪的小脸蛋她总会露出满意的神情，特别美琪的眼睛长得跟柳原一模一样，长长的睫毛下乌黑的眼珠像个洋娃娃。看着美琪睡着了，她轻吻了她的额头，自己去了洗衣间。昨晚柳原脱下的一大堆衣服还扔在那里，阿彩今天休息，流苏不禁摇摇头开始自己整理。

她把衣物放入洗衣机的时候，柳原衬衣肩膀处有一片淡红的颜色不经意间吸引了她的注意。

再定睛一看，分明是唇膏的印迹。

流苏感受到她的心脏瞬间加快跳动，立即抓起衣服凑到鼻下一闻，是一股女人下体的味道。这味道是如此之熟悉，然而这熟悉带给她眼前一抹黑的昏暗。

流苏怔怔地坐在洗衣间的地板上，她以为她会哭，但是她没有。她倏地跳起来，奔到楼下厨房，打开一瓶红酒，倒了个满杯。她整个人横躺在沙发上，手里紧握着酒杯，大口大口地喝。流苏觉得这种久违的大脑一片空白的感觉让她想笑，狂笑！

笑她的天真，她的幼稚，她以为与柳原的婚姻是不同的了，与唐一元的完全不同。但是她发现一切都是误会，一切都是幻觉，一切都没有改变过。婚姻里的男女有多少激情和真爱呢？就算有又可以持续多久呢？

现实的残酷不断地教训她、鞭打她，逼迫她走向成熟和高度的理智，让她不得不认清这世上的婚姻大抵都是一样的。所谓的再嫁，结果也无非是从一个男人走向另一个男人，从一个家庭走向另一个家庭罢了。这与她第一次的婚姻其实并无实质的不同。

前夫唐一元曾经对她的伤害，当着她的面与别的女人亲热的情景又一次展现在她的眼前，再次对她实施酷刑。

她闭上眼睛，想想多么可笑，而现如今的她，早已经不再是十几年前那个充满幻想、没经历世事的年轻少妇了，面对柳原，她的心境到底是不同的了。她内心的愤怒已经被这几年练就的淡定和看透所抚平。但毕竟，范柳原还是让她很失望，很伤心。

是我哪里做得不对么？是我满足不了你么？不是的！范柳原也只是一个男人而已，这世界的男人都是一样的！

她觉得此刻她看清了世间所有男人的本质，但凡有点社会地位的男人，有了家室又到中年，外加一副假帅的皮囊，无一不喜欢年轻漂亮的小姑娘。

那么她是谁？她们是谁？一个？两个？很多个？

流苏摇晃着杯中剩下的酒，突然间一股疲倦感席卷全身，这种疲倦不仅让她站不起来，更让她再次觉得人生的无意义和无奈。

她自小吃过不少苦，人生的经历又是如何坎坷波折，但她从不轻易向人展示，反而总是给人一副自信、出色、高雅的感觉。但是她从内心里深深恐惧这种感觉，因为她不知道未来该如何继续。

爱情就是战争，她必须振作起来，战斗到底！她一饮杯中酒，上楼看着美琪熟睡的样子，她紧紧地抱住她，生怕她也会离开！这个世界唯有孩子是属于她的，是完完全全属于她的。

"好在我还有孩子！"她想。

晚上九点半，柳原回来了。"砰"地一声关上了房门，进门一头倒在床上。

流苏刚洗完澡，正坐在梳妆台前涂抹粉霜。她从镜子里斜视了他一眼，哼了一声，走过去，坐在床沿，立即闻到一股刺鼻的酒味。流苏情不自禁地皱了皱眉，突然升起一种恶心厌恶感，这种感觉让她晕眩。她本能的冲动让她不假思索爆出母语上海话来：

"范柳原！侬勿要来外头搞七捻三！我帮侬讲！"

柳原睁开眼，白了她一眼："痴线！讲咩吖你！"

"你看看你，整天一副君子模样，不少后生女仔会追你吧？是不是很有成就感？很满足啊！？"

"你讲乜野啊！我成日忙工作，忙业务，你发什么神经！"

流苏也不想再追问，因为她害怕追问的后果，她是聪明女人，这点心中是明了的。面对这种事情，质问是最傻最无意义的举动。如果他否认，不如不问；如果他承认，更是自讨苦吃。

她也不知道她到底想怎样！大吵一架？离婚？叫他

跪下来忏悔惩罚？

算了吧，没有婚姻的保障而要长期抓住一个男人，是一件艰难痛苦的事，几乎是不可能的。她早知如此！她已经不是小孩子了，不需要通过这些动作来给自己找平静和安慰。但是，她又能怎样？

流苏响亮地"哼"了一声，跳起身抱了一床被子拎了一个枕头，重重摔上房门，冲向美琪的房间。阿彩正给美琪讲故事，陪她睡觉。

她气喘吁吁依然有点坐立不安，转头又跑去客房睡。她想一个人静静。但是心欲静而闹不止，她不能这样再为柳原难受和抓狂，但又难以自制！于是，她又奔到客厅拿起电话给徐太太拨过去：

"徐太太，侬好呀！我是流苏啊。明朝中午一道吃茶好哇？好额，明朝见面讲哦！"

她挂了电话，有点如释重负，关了灯，倒在沙发里，大脑又是一片空白。躺着躺着她竟然睡着了。她发现自己在医院里，躺在手术台上，她自小每次梦到医院总是充满恐惧，虽然没有鬼魂但仿佛有人要杀她吃她，伤害她。她在梦中依旧很怕，四周是白白的墙，除了一个手术台，这是医院么？突然她看到有个陌生男人进来，但看不清他的脸，只知道是个男人，很高大魁梧的身影，带有一种武士的凶悍。

她问他："你是谁？你是医生么？"

那人不理她，继续一步步靠近，走得很慢，流苏想起身，但是起不来。突然她发现她的手和脚上都被扎了针，一根根把她钉住，她无法动弹。这个男人走到她手术台前，慢慢解开她上衣的扣子，流苏好紧张，不断地问他：

"你要干什么？你是谁？"

那人依然不语，径直解开她的衣服，检视她裸露的乳房，雪白雪白，上面有两颗粉色的葡萄。他要干什么！流苏感到很羞愧，很恐惧，但那人还没有停止，继续开始解开她的裙子，往下拉，露出她半透明的内裤。

流苏大叫："不要，你干什么？柳原！柳原你在哪里？"

但她感到声音很微弱，她没有力气叫喊，她感到手脚被针扎的疼痛，痛入筋骨。然后她看到陌生男人把她的内裤拉下去，扔在地上，令她无奈地裸露在手术台上，她把头转向一边，她害怕不想发生的场景。

也许是最深层次的潜意识，她依然没有醒过来，反而睡得很深很深。梦的空间一层层深入，她已经深入到最深层。这个男人要干什么？他试图爬上手术台，压到她身上，但是流苏意识到她一丝不挂了。

梦境呈现灰色的暗淡，只有手术台上散发的亮白的光照在她身上，更让她感觉在陌生男人面前无地自容但又无可奈何。他爬到她身上，流苏紧张地感觉泪水夺眶而出，她想请求他不要这样，但是却依然发不出声，四肢被钉得死死的。

她在恐慌中，竟然听到这个男人对她说："我要你知道，你逃不了了，你是逃不出我的手掌心的！"

流苏感觉心跳加剧，但是无法逃避地她感受到这个男人进入了她的身体，但是所幸，她仿佛没有什么感觉，特别没有疼痛或者更深层次的恐惧，反而随着他的进入梦境一层层浮上来，终于她醒来，周围漆黑，壁钟的时针指向三。

她坐在沙发上，突然发现眼角都是泪，她的内裤不知怎地褪到了大腿处，她急忙拎起穿好，闭眼还在回想那个梦。她摸摸手，仿佛还有被针扎过的痕迹。哎，这只是一个梦，流苏喝了一口茶几上的水，努力闭上眼。

往后的几天她都一个人睡在客房里。硕大的床另一边空着，她瘦弱的身躯只占据了床的一小部分。起初她会感到一个人睡觉的孤单和寂寞，但慢慢时间久了，她反而开始习惯于独自入寝，一想到要跟柳原一起睡反倒是不自在了。

实际上，除了柳原，她认为她生命中是也没法接受其他任何男人与她共眠了。然而，这世界上没什么所谓的习惯，一切都是可以改变的，培养和改变，仅仅取决于时间和强度的角力而已。

2

上邪

（汉）佚　名

上邪，我欲与君相知，

长命无绝衰。

山无陵，江水为竭。

冬雷震震，夏雨雪。

天地合，乃敢与君绝。

柳原近期生意上因为与几家公司的衔接沟通出了点问题，加上徐先生身体不适请假休息，公司业务不放心几个年轻人，凡事都还得亲力亲为。

他一回家就感到流苏的态度不对劲，但他不愿多想，他一直认为在外面有几个女人并不是为了刺激和伤害流苏，而是以不影响家庭为目的的"课外活动"。但是他也非常明确地认知到流苏会伤心甚至愤怒，特别从流苏的冷淡和不正常举止中敏感地发现她可能已经察觉到他有外遇。

下班后他约了廖律师在尖沙咀 The ONE 顶楼的 Wooloomooloo 西餐厅吃饭。柳原喜欢这家餐厅一来是可以远眺维港，工作之余可以一边喝酒一边领略香港夜晚的繁华灯光，风情美景。二来是因为这家餐厅的侍应很多是来自东南亚的美女。黝黑的皮肤和标准的英文让柳原感到一种异族的激情。他几次告诉廖律师，食色食色，除了食还要色，没有美女和美景，吃的满足度就大打折扣了。

廖律师总是调侃柳原，那不是色那是你有情调。

他俩找了一个餐厅外天台角楼的位置坐下，两杯清酒下肚，柳原开始诉苦：

"志强，你觉得这男女之间到底是怎么回事？婚姻是怎么回事！我觉得不想回家，真不想回家，但是又必须回家！烦死了！"

廖律师拍拍柳原的肩膀，他就知道一般柳原是不会或者说没空单独约他出来吃饭的。肯定又是碰到什么事情了。他一边往嘴里塞牛肉，喝了一口波尔多红酒，一边笑着说："柳原，我问你，要你离婚，你愿意么？"

"什么？离婚？"柳原睁大眼睛看着他。

他摇摇头："我从没想过！说实话，流苏虽然不算完美，但她给了我家的感觉。多少年，我曾经不停地辗转于英国、香港、上海、新加坡、锡兰、马来亚等地，然而天下之大，却从没有一个是真正属于我的家。直到结婚，才拥有我自己的家。我问过我自己，为什么我不能摆脱世俗的传统依然选择结婚，为什么我要找一个女人来约束自己？因为除了爱，我发现我需要这种束缚，但是有时候，我又害怕和抗拒这种束缚。志强，我发现我真得是很矛盾！很矛盾！"

廖律师点点头："真心话！欣赏！其实我的婚姻也有很多问题，不过各家问题不同罢了。家家有本难念的经。你那么有钱，人又长得帅，没几只苍蝇蚊子在身边萦绕，怎么可能嘛！像我，想要还没有，求之不得哩。"

他一边说还一边翘起手臂做出萦绕的姿势，逗得柳原捧腹大笑。

是吧，也许人就是在自由和束缚之间徘徊，在单身和婚姻之间徘徊。这两个极端都是痛苦，而所有人都是不断往返在这两个极端之间，直到耗尽了自己的生命。人如果没有了束缚，就如飞行的航班失去了阻力，会摔得很惨！但是，难道自由和束缚就真的没法平衡么？比如情人，不以离婚为目的的情人，是否就是一种平衡的机制？

"柳原，你看维港上的这些船只，每日每夜在这里开来开去，都是偶尔来欣赏的游客体验的。如果你天天在这餐厅吃饭，眼前的美景一样会黯然失色，不是么?"

柳原苦笑，他觉得人活着确实是累的，早年为了得到钱为了拼事业，耗费了半生精力。小时候看着有钱人出入高档酒店，在享受无限风光美景的餐厅吃饭，是可望不可及的事情。可是，等到自己功成名就，也可以经常在如此奢华场所逍遥的时候，却又觉得无比空虚。也许人最快乐的就是奋斗的过程，而不是去得到结果！

他现在忙累之余，渴望有一个可以让他身体和灵魂得以慰藉的女人。流苏很好，非常好，她漂亮，贤惠，能干，聪明，还要怎样?! 可是柳原扪心自问，她是好，但是仿佛没法让他产生一种在肉体和精神上激情紧张的感觉了。这种平淡的感觉是从哪里生出来的? 这难道真是传说中的婚姻是爱情之坟墓么? 他仿佛觉得不是，但又找不到解释的理由。

然而张雯绮和王心悦，跟她们做爱的时候，他就会产生一种新奇亢奋的快感，要说他有多爱她们倒也谈不上，但是他觉得这些年轻漂亮的女性，更能给他一种从追逐到得到的享受，是除了刺激之外的满足感。也许，这就是一种作为男人需要的满足感吧！

漫步在夜色里，他一个人沿着弥敦道向维港岸边方向走去，他不想回家，但又不知道该去哪里。人生会出现这样的情景，让人无力但又无可奈何。他靠在维多利亚港的栏杆上，黑暗的海水倒映出两岸华丽的光与影。身边不时有亲密相拥的恋人经过，柳原眯着眼睛看着他们的走过的身影，男人的手从后面环绕着女友的腰部，他突然想笑。

　　闭上眼，雯绮、心悦赤裸裸的身体充斥他的脑海。他突然间觉得有种发腻的恶心感，难以置信地几乎令他窒息。他抬头望着维港对面闪烁着的高楼灯光，他发现，他要的不是她们，肯定不是！

　　爱情就是战争，但他一点也不想战斗。

　　他要静涵，因为他要的不只是身体上的满足，他更需要精神上的寄托。他突然发现，他心底对静涵的爱被一层层激发起来，不可收拾地泛滥。

　　他心里最私密的地方一直是留给静涵的，此地永远开满鲜花，让人沉醉但又恍如空中楼阁遥不可及。他累了困了的时候都会想到静涵，而不是雯绮和心悦；只有洪静涵可以让他疲惫的身心得以寄托和放松。

　　他想，也许再过三十年，等他老得做不动爱、只能看看的时候，唯有静涵可以成为他最美好回忆的承载！

3

木兰词·拟古决绝词柬友

（清）纳兰性德

人生若只如初见，何事秋风悲画扇。

等闲变却故人心，却道故人心易变。

骊山语罢清宵半，泪雨霖铃终不怨。

何如薄幸锦衣郎，比翼连枝当日愿。

　　流苏几次感知到柳原的出轨，那些散发香水味的衬衣、红色的唇印和带有女人下体味道的衣衫，更让她心寒的是柳原如今回家时一脸的疲惫和冷漠。她是女人，女人是可以很敏感地触觉到男人的思绪和心情的。这一点往往粗心大意的男人都不知道，或者说故意不想知道。因为在他们眼里，女人是最不可理喻的动物，自己根本没什么特别的意思但女人却总是无限放大和较真，非要说自己别有用心！这与疯子没啥两样，甚至会有让人无法摆脱的厌倦。只有在热恋和充满着期待得到她那阵才会对女人的疯狂心生依赖和喜欢，自己告诉自己这是她对自己的爱和撒娇。

流苏在平淡中孕育着恨，她深知离不开柳原，她没有工作，在香港也没有其他亲人，只有美琪和这个男人以及这三人构建的家。她对这个家投入了无限的爱和希望，因为在此以前她生命中都没有家的感觉，三姑六姨的那个家已经让她试图去遗忘，以此可以得到一丝内心的安定，而唐家亦是折磨和摧残，对她而言是同样地不堪回首。

只有和柳原的这个家是温馨而美好的。嫁给一个让无数女人向往的伟岸成功的男人，又有了美琪这个甜美可爱的小女儿，她除了尽心照顾好家庭，似乎也没有什么其他祈求了。

流苏的聪明在于她不会心安理得就甘愿这样活下去，而是会不断提升自己，从内到外，让周围的男人也经常如蜂蝶萦绕不止。她的气质和美丽也丝毫未曾因岁月而递减，反而更加散发一种成熟少妇的诱人味道，让男人欲罢不能。她知道男人是喜欢竞逐的雄性动物，对那些花心的男人，只有发现自己的老婆很值钱，很抢手，才会知道其价值所在！

流苏婚后离开上海多年，除了偶尔过年回来探亲，几乎很少再回上海。这段时间因柳原上海公司的业务处理便回来小住几天，顺道处理一些家里的财务，她很怀念上海的朋友同学，顺道也可以重逢聚聚，品尝上海的小吃点心。

流苏在读书的时候有过不少好友，大家如今也都各自散布在天涯海角。时间真是飞逝，她默默想着青春时代的朋友，还有机会重逢么？正想着，她从交通银行办完事出来的时候，门口撞到一位男士。

"白——流——苏！是你吧，一定是你！"

流苏惊异地抬起头，但一时没想起这位是……

"你一点没变化！还是那么漂亮温柔！我是汪以真啊！"这位男士脸上浮现出纯真灿烂的笑容。

与老同学重逢令她无比惊喜和激动。因为在香港虽说也有好友，都比不上故友来的亲切。

"以真！想不到快二十年了我们又能在这里见面，真得好巧！你现在好么？在哪里工作？"

"哎哟，我真是太高兴了！哈哈，你看我都不知道说啥了。我毕业后跟父母一起先去了南京后又去了新疆，毕业初我在南京部队学校教书，算是政治辅导员吧。嘿嘿，瞎做做，后来去了新疆部队，一待就是十几年，岁月如梭啊。我现在上海的政府部门工作，小差事，混混日子呵呵。"

流苏看着他，一如当年的阳光和伟岸，一米八的个子，宽广的胸膛，黝黑的皮肤和眼角的皱纹散发着成熟男人的味道，是特别能让女人有安全感的那种。读书的时候不少女同学夸过他身材，但是当时流苏只觉这人土气，未曾对他有所关注和欣赏。时隔这么多年，重新审视他竟然心中生出一种悔意。流苏看着他的眼睛，笑笑说：

"是啊，二十年一晃而过，我结婚以后就去了香港，很少回来，这次也是偶然。但我时常挂念上海，想起我们的青葱岁月，虽然那时候很苦，但苦中作乐的日子别有一番滋味，至今难以忘却。"

流苏知道以真虽然比她只大一岁，但有超越同龄人的成熟，他从小认真勤奋，吃苦耐劳，父母都是农村的，他有一种与生俱来的独立自强的精神，在政府部门已经是副局长，也算谋了个一官半职。从他粗糙的手和眼角的皱纹里，流苏忽然从心底生出一种凄凉感和深刻的同情，她很奇怪对一个同学怎么会有这种感触，大约是这几年跟柳原情感上的淡漠造成她对男性的更为敏感吧。

以真要了流苏的电话，说是有空请她喝茶。流苏温柔地笑着，答应了。她在上海也确实没几个朋友知己，在无聊的日子里能与老同学叙叙旧，不失为一种快乐。

流苏在上海只停留一个月的时间。以真想了想，约她周末去军营体验一下打靶。流苏与柳原从交往到结婚的过程中始终带有一种不自信的不安，这种不自信倒并非出于流苏对自己能力的担心，而更多是对柳原的难以把握和不可控。而以真与柳原最大的差异在于以真不善于说情话，粗犷的性格给人更为质朴和可靠的感觉，这让流苏感到无比安心。

在靶场，流苏首次握着枪，以真看到她有点紧张，帮她带上耳罩，指导她握抢的手势以及如何对准目标射击。第一发子弹射出的声响让流苏吓了一跳，但那股扑鼻而来的浓烈火药味让她兴奋和激动，虽然最后她十发子弹都未中靶，她体验到柳原未曾给过她的感觉。轻松，简单，快乐。

她不好意思地对以真笑笑，吐了吐舌头，却让以真觉得眼前的女人无比可爱疼惜，跟二十年前的小女生丝毫没什么区别。

"没事，再来，关键是专注力，你对前方目标的专注力。"

这句话一下子触动了流苏，前方的目标，刚才是虚无的，所以都没打中。以真的话让她立即感受到五十米外目标的接近了，突然她觉得这靶子就是范柳原，一圈圈的环就是一个个的女人，那些缠绕在他身边、周围的女人！这些女人让她无法抓住又无比痛恨。这么一想，她主动以右肩顶住步枪，扑倒在地再次连发十枪，中了六环。以真在一旁立即鼓掌，对她竖起拇指。

流苏含羞看着他，微笑了一下。她觉得打靶很有意思，从内心里可以战胜现实生活中不可战胜的目标，爽！

下个周末的时候，柳原去浦东参加一个国际金融会议。流苏马上联系了以真，约他一起去喝茶。以真兴高采烈地答应了，还精心安排了位于上海郊外的"采霞阁"民宿邀请流苏一起喝茶。

"采霞阁"位于朱家角边缘，是一个是充满田园风光又有江南雅致庭院的所在。以真开了奔驰越野车来接流苏，她穿了一袭淡绿色飘逸的碎花连衣裙，更衬托出她皮肤的白皙和动人，如清新仙子般让人着迷。以真目不转睛地看着她。

"喂，你这样看人家，搞得人家很不好意思呐！"流苏愉快地笑道。

被她这么一说，倒是让以真不好意思起来。他还在念书的时候就偷偷迷恋流苏，只是当时非常保守和单纯，加上后来常年不在上海，他很难有机会再见流苏。

这次久别重逢，他远远看到流苏的倩影，一如当年的美好婉约，她害羞时候会低头的习惯也没改变，嘴角扬起的微笑也没逃过他的眼睛。

流苏下车的时候，满眼是无边的农田、青青的苗草和散养的鸡鸭，还有好多小狗在嬉戏追逐。她奔向田野中，拥抱空气，像个花仙子般到处跳跃。以真带她进入了"采霞阁"，这是一个摆放着中式茶具又略带日式风格的起居室，里面是梨花木大床的套间。房间的角落里一把檀木古琴静静躺在那里，桌上的青瓷花瓶里蓝色的绣球正默默盛开，充满茶香的空气让流苏感到心旷神怡，无比放松。

以真告诉她很多当年在部队的故事，部队里没有一个女人，甚至连女厕所都没有，在常年单一性别的环境里接受枯燥军事训练和演习的男人们是无比压抑的，是磨死人的考验。

"我们几个月甚至一两年也见不到女人，有时候周末上街，看到前面身材高挑的女孩子，直接可以感受到自己一种强烈本能的反应。我经常一个人站在山头，看高山看草原，我很想从山上滚下去，我尝试过，真的，我尝试过翻滚下去的感受。"

流苏一边听一边可以想象当时的情景，她可以理解这种压抑和寂寞的感受。她点点头，低语：

"那是一种彻骨寂寞的感觉吧。"

以真一下子握住了流苏的手，

"太对了！你说得太对了！那时候真是太孤独寂寞！所谓后方青春伴侣，花前月下情正甜。前线热血男儿，血与火中战犹酣。一静下来，我们都特别羡慕地方上男女们花前月下的浪漫。哎，寂寞也是无奈啊，保家卫国嘛！"

流苏笑笑，心想，这种寂寞和孤独她也深深体会感受过，她知道那滋味。

不知不觉间，她发现以真的手一直握着她的手，她开始有点紧张。特别感受到他的手触及她的腰，然后是臀。她有点不自在，担心他会更进一步，但是她没有阻止。

以真俯瞰着她的脸，低头吻她的唇，探寻她的舌尖，紧密地交织在一起，顺势就把手探进她的裙子，开始抚摸她的大腿。以真惊讶于流苏虽然已不是二三十岁的小女孩，但是皮肤如此光滑细腻有弹性，依然还是读书时的青春小女生，这让他不禁欲火燃起，好想占有多年萦绕心头的梦中女神。然而他也不再是小男生了，而是一个久经战场的"老司机"。他知道如何控制进程和速度，如何调动流苏的身体，让她欲罢不能。

以真推开房内的门，一把抱起流苏放到大床上，快速解开她的上衣和内衣扣子，当雪白的双乳凸现在他眼前的时候，他情不自禁地含住她胸前的葡萄，同时不断爱抚她的腿、臀、胸，看到流苏衣衫不整，秀发整个披散在床上，以真再也控制不住，一头钻进她的石榴裙下……流苏感受到一阵震撼全身的痉挛和触动，刺激到让自己难以抗拒，男性在这个地带的爱抚和亲吻对她来说已经是很久以前的记忆了，柳原似乎已经有几年时间都没有如此激情地投入与她做过。

所以她又有一种被占有的感动，觉得试图占有她的这个男人是真爱他的。至少当下是如此，她觉得不容置疑。

基于这一点，她更加不想反抗，任由以真在她身上畅游、驰骋、放纵和宣泄。她体验到一种温柔中的狂风暴雨，在悲喜交融中感知一个女人的幸福和无奈，被占有和掌控的平衡，以及在得与失之间的补偿。

以真以一种战士的威猛对流苏发起了狂烈的进攻，他想把十几年来压抑的爱一次性宣泄出来，他对流苏的力度代表了他对流苏爱和欲望的强度，流苏感受到了极致的刺激，由下体内部传递到大脑和全身，她不断呻吟，低叫道"啊受不了了，不要"，看到流苏欲罢不能的样子，以真更加用力，两人终于在一起腾云驾雾中升空，进入飘飘欲仙的境界。强烈的冲击和震撼让流苏晕晕的，身体软绵无力，以真对她的摆布折腾让她感受到一种无法反抗的快乐和幸福，是久违的被爱的感觉。

女人通常都会无限地坚强地死守自己的底线，然而这底线又是那么的脆弱，在转瞬一念间就可以崩溃。

流苏知道她对以真的感情与对柳原是截然不同的，但她突然想到柳原在酒店在床上跟其他女人做爱的情景，几乎让她崩溃，但是为什么他可以而她就不可以!?

她疯狂地把跟汪以真做爱想象成为对范柳原的直接报复，这是丝毫没有耻辱感的甚至是大无畏的壮举，一报还一报，成全以真的同时让自己成为被男人占有的对象，以最软的柔弱来达到最强的反抗。以真进入流苏的刹那，她知道生命进入另一个阶段，因为她做了什么她知道，又不知道。是的，赋予人们的行为以意义的，人们往往对其全然不知。

以真因终于得到了多年梦寐以求的女神而心神荡漾，连番进攻做了两次，他沉浸在压着流苏看她呻吟和扭动又欲罢不能的香艳中，终于在筋疲力尽后趴在她身上一动不动。

"以真，我都受不了了。"流苏闭着眼睛呢喃道。

他看着流苏被汗水浸湿的头发，黏在脸上，他笑了，发自内心地笑了：

"嘿嘿，亲爱的，我已经决定，我的身体和平时为你所用，战争时保卫国防!"

流苏听了哈哈大笑，她被以真的自然和纯真逗乐了。

黄昏的时候出去吃饭，流苏知道以真长年生活在西部，喜欢吃面食，她也喜欢西北菜，正巧看到不远处有家陕西小吃店，两人不约而同地说:"就去这家吧!"

他们相视而笑。

流苏要了一个陕西凉皮、一个肉夹馍和一碗担担面，他们一起分享。坐在店里等菜的时候，他们看着这这对来自西北的夫妻，两人朴实勤快，店里很干净整洁，菜式不多，但都是特色小吃，空气里有股淡淡的芝麻油和辣椒混合的香味，让人开胃。流苏对以真小声说道:

"你看他们，不富裕，却很幸福。"

"嗨，流苏，你这是富人不知穷人饥，天天那么辛苦，有啥幸福呀!"

"那你不懂，你看他们一人切黄瓜丝，切得那么细，一人下米线凉皮，配合得那么默契，虽然辛苦，但浓浓的都是爱。让人羡慕……"

流苏一边说，一边看着两夫妻配合做菜的样子，她知道贫穷的意义在于有感情，有爱。没有了爱，再多金钱和承诺都会渐渐将玫瑰色的每一天变得苍白和枯萎，就连曾经的一抹亮色也不复存在。她知道羡慕是无意义的，因为没有人的生活是完美的。

只是她感叹，为什么有了钱依然还会生出那么多的悲伤和不满，也许只有苦难才能更好地成全人。贫穷的家庭虽然不得不簇拥在狭小的空间里，但是反而让他们更亲近！穷，有时候真不是坏事呢！

他们吃完饭，以真买单离开小店的时候，流苏满脸微笑地对小店女主人说：

"您做得非常好吃，非常好吃，谢谢！很喜欢！"

流苏回到家已经快晚上十点，她下了以真车的刹那，就不断深呼吸，试图放松自己的情绪和精神，当然更重要的还有身体。大家都已经睡了，柳原不知道是否已经睡着还是听到她的声音，背着身子没反应。流苏也翻转身背着他，在黑暗中睁着眼，她睡不着。

直到夜很深，她才入眠，她又开始做梦，她梦到她的双腿被陌生的男人叉开，她试图反抗，因为她不知道这男人是谁，一种恐惧感在梦中席卷全身。她成功逃离了，在梦境中有一条路通向草原，她拼命地奔跑，终于进入一片开阔的平地，周围还有牛羊在吃草，但转眼又有一个陌生的男人向她靠近，她看不清他的脸，只听到他命令她躺下，陌生男人很强壮有力，解开她的衣服就吮吸她的乳头，她觉得很羞耻，但瞬间被他强迫趴在草地上，又被叉开双腿，男人从后面压下来，以后进的姿势震荡她的子宫和灵魂，被强烈插入冲击的感觉让她整个惊醒，流苏慌张地坐在床上，看到旁边沉睡的柳原，所幸这只是个梦，流苏松了一口气，把头埋在被子里，她内心还被恐惧和无奈缠绕着，墙上的时针指着三点，漫长的夜还有好久好久才能终止。

第二天早上醒来的时候，流苏发现自己的眼睛莫名肿了，可是没有流泪啊，她感到一种烦躁的不安和难受。而柳原就开始生病，开始是胃痛和头疼，然后是腹泻。流苏用手摸了他的额头，还好没有发烧。她赶紧起身，去书房找药箱，拿了药喂他吃下，让他继续躺着休息。又吩咐阿彩烧小米粥给他养胃，但是他一个劲喊不饿，不要吃东西。

将近下午一点的时候，流苏一个人坐在沙发里，茶几上泡了她喜欢的冻顶乌龙和卡布奇诺，还有一些小点心，流苏一边吃一边看育儿教育节目。她在婚后就慢慢开始对茶、咖啡、酒及一切苦味的东西变得沉迷，如今已经到了不可自拔的地步。尤其对茶，她每日都会选择适合自己心情、身体的茶来品尝，而且只用玻璃杯泡从不用茶壶，朋友送了她不少名贵精致的茶壶，她也都只当摆设。

她沉醉于古筝或钢琴曲，在客厅燃上一株藏香或檀香，躺在摇椅上放空自己，手里擎着玻璃茶杯，看着茶叶在水中慢慢绽放，呈现出马来的森林。这还是柳原跟她认识不久在浅水湾的酒店喝茶时告诉她的，从此，这片马来的森林就住进她的心里，成为她生活的一部分了。她闭眼，想起十年前跟柳原在那酒店的第一次，柳原进入她身体，彼此融入一个世界的感觉刻骨铭心。是她经历婚姻挫折和一元的死之后，心底激起希望的原动力，是比她青春少女时期备具震撼的真爱。

突然，手机响了，她收到了一个短信，是以真发来的：

"我从我们分别开始就一直想你，不断地想你，夜以继日，没法停止！你让我重拾了青春的感觉和当年的风采，我一度以为我的武功已经废了，是你让我重振'沙场'！谢谢你，流苏！你的味道让我终身难忘，欲罢不能，还想品尝……"

流苏紧张地立即合上手机，目光看向周围，正看到扶着楼梯往下走的柳原，她慌忙站起来，

"你看你精神不振的样子，还要出去么？今天不如就在家休息吧。"

柳原摇头："不行啊，王老板那边早约了一个项目要谈，很重要。我也不知道怎么回事，昨天回来就不太舒服。没事的，我让徐经理先过去，晚上尽量早点回

来吧。"

流苏给他喝了茶，帮他换上西装打好领带，送他出门。看着柳原的车驶出家门的瞬间，她突然有种如释重负的感觉。她用手掐着自己的脖子，眼神定定地看着院子里的地板，她觉得这一刹那她对柳原过去所做的一切都可以原谅了。

柳原周围的那些女人们，不管是谁，她们有多么美丽和吸引人，她都不会再怪罪柳原，这种突如其来的宽容让她醒悟，原来原谅一个人背叛的最好方式竟然就是自己的背叛。

米兰·昆德拉说过，打从孩提时代起，爸爸和小学老师就反复向我们灌输，背叛是世上可以想得到的最可恨的事。然而，背叛的快乐就在于脱离自己的原位，投向未知。流苏躺在沙发里，思考人的行为导致的未知到底是自觉的还是被迫的呢。

对她而言，也许更多是被迫的。这未知也充满了风险和赌注，她承受得起背叛的结果么？

她从未想过要报复柳原，即便是对他生恨的时候，因为他对她而言是生命中不可替代的人，绝无仅有的人。然而，这背叛的原罪是出于她想去体验柳原背叛的心态和感受，现在她体验到了，并从中找到了解释和原谅。

她长叹一口气，仰头望着墙上她和柳原、美琪的合影，越发感到人生的不可思议。越发相信，所谓的机缘巧合因缘际会始终不过是命运的安排而已。只是要领悟这一层是非常不容易的，需要彻底的黑暗以及对背叛的渴望和实践才能实现。

4

越人歌

（先秦）佚　名

今夕何夕兮，搴洲中流。

今日何日兮得，与王子同舟。

蒙羞被好兮，不訾诟耻。

心几烦而不绝兮，得知王子。

山有木兮木有枝，

心悦君兮君不知。

　　流苏很快要离开上海，她虽然意外遇到以真并体验到了偷尝禁果的滋味，但是她，作为一个深爱柳原的本分妻子，是不想继续跟以真保持这样的不道德关系的。走前她收到以真的很多信息，对她承诺，只要她愿意，无论何时选择回到上海，他会不顾一切地跟她在一起。

流苏心领这份情意，但是毕竟，她已经不再是当年的小女孩了。世事沧桑和环境的变化让她无法回到曾经的那种心境，纵使汪以真有多么真心和乐意付出，她已经没有接受的能力了。时间，真是改变一个人最好的工具。

每个人都在朝着不同的方向生长，在探索和寻觅适合自己的伴侣。他们选择结婚，大多都以为这是适合他们的那个人，至少结婚的时候是这么想的。但是很快，大家都苦于找不到平衡婚姻的砝码，在忍耐和争执中继续前进。历史的年轮虽然不断向前，而婚姻的本质却自古没有改变过，只是周而复始，循环往复罢了。

如果在十年前，以真对她付出这样的感情，表达如此炽烈的欲望，也许她会选择嫁给他。因为她急需依靠，去支撑她面对生命中的风雨，停歇下来的时候有一个可以休息的港湾。但是渐渐她明白，红尘陌上，不管跟谁结婚，始终都是绿萝拂过衣襟，青云打湿诺言。

男人的承诺可信么？柳原曾经答应过给她的现世安稳呢？山水都可以两两相忘，日月都可以毫无瓜葛，我凭什么还会相信一个男人的诺言？爱是一种热情，是一种否定之否定的热情。当一个人试图故意对另一个人表达冷淡、无视和漠然的时候，他已经陷入了爱里，不可自拔，因为他们之间有了 expectation！

这一个月在上海的经历，让流苏抹平了心中的仇恨，渐渐接纳并理解柳原出轨的动机和最终目的——与离婚毫无关系，与不爱她有点关系，最重要的是他从陌生女人那边获得刺激和满足的需要。

她从不怀疑柳原在城墙脚下对她许下一生的承诺，给她一个家。可惜当承诺遇到婚姻，整个都变质了。男人需要承诺对自己婚姻关系延续保持信心，女人则更需要在感情、心理、行为上对伴侣关系加以认同和投入，彼此愿意承担婚姻所涉及的各项责任和义务。婚姻里的承诺就是一辈子的合同，如何来保证长期履行义务且还有感情心理上的责任，果真是对人类提出的一大挑战。

也许在父母之命、媒妁之言的年代，婚姻的承诺在不考虑感情心理因素的情况下，至少在行为上可以得以维系，因为离婚是不被认可的社会行为。但在现代社会，承诺到底还有多大意义？或者说，你还会相信承诺么？

每一场婚礼都是浪漫之后的高潮，在众亲友见证下，彼此承诺不管是贫穷还是富有，健康还是疾病，我都会爱你、尊重你，直到死亡将我们分离。可惜在越来越多人的眼里，这些话语只是一种必经的流程，而实际上，这种承诺基本就是扯淡。别说结婚半年一年就玩分手的，更有甚者刚承诺完婚姻誓词就在婚礼上因意见不合引发家庭矛盾而分道扬镳的。

看看中外的小说散文诗词电影，无一不是将婚姻的誓言和承诺刻画得如此完美和令人感动向往。而唯有经历过的人，再看到如此画面虽然还是会报以微笑，但已经顶多是嘴角上一撇轻蔑的笑了。

看看《魂断蓝桥》中：我们去结婚吧，除了你，别的人我都不要。《河东狮吼》里：从现在开始，你只许疼我一个人，要宠我，不能欺骗我，答应我的每一件事都要尽力做到，对我的每一句话都要是真心的，不许欺负我、骂我，要相信我，别人欺负我，你要在第一时间出来帮我，我开心了，你要陪着我开心；我不开心了，你就要哄我开心，永远都要觉得我是最漂亮的，梦里也要见到我，在你的心里只有我。

如此种种承诺，说的那一刻也许是真心的，也是希望兑现的，只是，作这承诺的人自己并不知道实际是否可以兑现，何时可以兑现，更不要说是要求别人作出如此承诺了。

人类是很奇怪的动物，明明知道恋爱婚姻里的承诺跟赌咒发誓一样，说的人因为自己不确定能做到，而听的人是不相信对方能做到，如果都可以确定，那又何必再承诺？但是我们依然会期待他人的承诺。

从心理学角度分析，这源于人们对未来不确定性所存在的内心恐慌。而这种不确定性，正是让人有憧憬、希望和期待的所在，更是这种未知让人生具有一点刺激性和探索感。在爱情里面，"愿得一人心，白首不相离"只是一种意境，切忌当作现实。

然而，不可否认，承诺有其强大的心理安慰功能。从《红楼梦》中也可以看到那个年代陷入男欢女爱的人们同样对承诺怀有疑虑，又加上当时的信息化远不如现代，因此创造了"信物"这样东西。比如一缕头发，一块手帕，一个镯子，一个香囊，亦或是一块玉佩或者是几颗红豆。有了这些信物，男女对彼此的不放心顿时有了寄托，这些信物很大程度上增强了人们对内心意念的坚定，以此可以保证对爱人承诺的落实。

对比过去，信物依然发挥着积极作用。流苏结婚的时候不需要柳原给她任何信物，唯求要有钻戒作为重要的象征。钻石恒久远，一颗永流传。这是爱情的象征，代表坚不可摧的恒久纽带。

对于具有离婚经历的人，要他们再次相信婚姻的诺言已经变得比太阳从西边升起更难。也许他们会再次选择婚姻，但当年的心态已经不复存在。因为都已经不再是懵懂少年，轻信诺言的年龄已经逝去。而承诺其真正的意义并非在于是否真的履行了所答应的事情，毕竟婚姻不是靠硬性的法律关系来维系的，而是两人的感情和交流。一个真正有担当的人，应当是对爱人谨慎作出承诺，不轻易许诺，而对自己作出的承诺尽全力履行，如此对得起爱人，更对得起自己。

这世界上的婚姻大致可以分为四类，幸福且稳定的婚姻、幸福但不稳定的婚姻、不幸福但稳定的婚姻以及不幸福不稳定的婚姻。第一种当然是所有人都梦寐以求的美好状态，但现实仿佛更多会趋于第二第三种。实际上，婚姻的满意度是由婚姻以外其他具有吸引力的选择（替代性）和离婚阻力相平衡的结果。

基于此，婚姻中的承诺是由满意度、替代性和投资量等共同因素决定的。也就是说，当婚姻中的个人对夫妻关系有较高的满意度、具有较低可能的替代人选以及投资了较多或较重要的资源时，便会对亲密关系作出较强的承诺，且更有可能履行承诺以及维系这种关系。

流苏发现她跟柳原的婚姻这几年间出现一个可怕的趋势，那就是从幸福且稳定转向不幸福但稳定。至于会不会变得不稳定，她连想都不敢想。她自认为对家庭孩子具有高度的奉献精神和自我约束，至少在发现柳原出轨以前。

她强烈地试图维护彼此的关系和质量，保证他们婚姻的长久和美好。同时对自己的行为也保持高度的警惕，不会与婚姻之外的其他异性有太紧密的交流，她担心柳原不开心，或者留下闲言碎语被人批评。但是当她失控接纳了汪以真之后，她不得不承认，她对家庭关系的态度发生了质的变化。

这种变化的核心在于她认知到，像她这样的一个女人，与其去郁闷和在乎柳原的花花草草，不如对他视而不见，转而投入自己的生活。对，她有过自己的生活么？婚后到现在，她才发现她所有的生活都奉献给了对柳原的热爱和付出上，她不问是否值得，因为这是一个妻子应该做的，可得到的却不是一个妻子应该得到的。

婚姻的神圣和誓言的稳固在此刻都土崩瓦解了。流苏不想离婚，她变得开始更多考虑自己和女儿的利益，或者她可以选择分居，避免外界的负面言论又可以落得清静。想到此，她推开房门，站在阳台上，傍晚海风拂面，远远看到西贡码头热闹的人群，以及停泊在附近海面的渔船，星星点点。

Tomorrow is another day！是的，与其依靠柳原，全身心系在他身上，不如更多去提升自己，与朋友一起去拥抱生活，做自己热爱的事情！她发现，自己对自己的承诺才是真正有意义的承诺。她不会再去寻找爱情，渴望被爱，担心失去，而是随遇而安，淡定接纳生命中的一切，这才是真正开始。

第四部

倾　城

1

雨霖铃

（宋）柳 永

寒蝉凄切。对长亭晚，骤雨初歇。

都门帐饮无绪，留恋处、兰舟催发。

执手相看泪眼，竟无语凝噎。

念去去、千里烟波，暮霭沉沉楚天阔。

多情自古伤离别，更那堪、冷落清秋节。

今宵酒醒何处？杨柳岸、晓风残月。

此去经年，应是良辰、好景虚设。

便纵有、千种风情，更与何人说？

　　静涵结婚以后基本全身心投入科研和教学工作，这
并不是因为她主观对学术有多么浓烈的兴趣，很大一部

分原因是来自她的丈夫李清义。李清义出身学术之家，祖上和父母均为大学教授，他二十岁出头就保持着斯文儒雅、眉清目秀的风度，在校园里颇受女生追崇。然而他本质上属于木讷老实型，对美女和拍拖始终不太在行或者说并无狂热的兴趣，只是一心科研学术。他自从在美国任教以来发表了不少有影响力的学术论文，称得上是国际桥梁工程领域的知名专家。因此在众人眼里，他三十多岁娶了静涵这个门当户对的大才女，是婚姻事业双丰收，人生几近完美。

可惜天妒英才，李清义是个同性恋，这在美国也许不值得奇怪，但在中国社会依然是个另类事件。他从青春期已经发现自己在性取向上的"异常"，但他依然深受中国传统父权思想和婚姻观念的影响。即便在美国生活了那么多年，还是选择遵从父母之命结婚，当然对象也必须是符合他的审美观和可接受标准的女性。

自从他在密歇根大学的图书馆无意间邂逅静涵，并与其相识交流学术、经历和对人世的看法之后，他认定洪静涵是可靠的值得娶回家的女孩。但是他却没有深虑过他的性倾向注定了这场婚姻的悲剧。即便是开头的伪装和亲密，比如清义从不会亲吻和抚摸静涵，顶多也只是拉一下手而已；而单纯的静涵由于缺乏恋爱经历，也只是把这些的当作清义的老实和含蓄，甚至是对她的尊重而不以为意。到了领证结婚之后，问题就来了。

两人关系的恶化就是从新婚那天开始的，躺在婚床上的静涵还在为新婚之夜的美好和刺激暗自激动和紧张不已，只见这个新郎左等右等不上来，直到深夜静涵快迷糊入睡的时候，他轻轻爬上床说了一句，今天折腾得够累的，早点睡吧！就倒头睡了。静涵顿时睡意全无，在漆黑的夜里感到一丝丝不安和惶恐，不断揣测丈夫的用意和更深层次恶意隐藏的秘密，顿然开始忧心起她的婚姻来。

自那之后，她明显感到李清义在两性关系关系中行为的反常，几个不眠夜之后，渐渐地她也变得对他冷淡起来。加上彼此都工作繁忙，美国大学教授科研发表压力极大，她逐渐把对他的关注和期望转移到事业上来。一次偶然的机会在美国的国际会议上遇到了同领域来自上海的专家，是复旦大学政治学院的院长苏万胜教授，苏教授对静涵的研究方向和科研成果高度赏识，于是回国后迅速启动人才引进计划，设法把静涵以高层次人才引进回母校复旦大学。

静涵回国后，李清义继续保留在密歇根的工作，两人开始两地分居的生活。静涵觉得如此很好，毕竟回到自己的祖国又重新效力于母校，有种久违的亲切感，在指导学生和研究创新上屡屡得到各类奖项，成绩斐然。

特别当她发现中国社会存在纷繁复杂的社会矛盾，是否可能借鉴美国冲突理论和治理模型找到一种适合中国法治、社会现实的理性纠纷化解机制呢？

于是她开始沉浸在这个研究课题中，多次开展调研和访谈，但是这个研究令李清义相当不满，几次提出强烈反对。他长期以来在美国的独立生活导致他有种孤僻的性格，加上从小父母威严式的管制教育，令他对不满永远采取逃避和沉默的态度而不会以积极态度去面对，更不敢反抗。他在电话里严词指责静涵不应该参与政治活动，在他看来做社会科学研究和参与政治没什么分别，更对她关注的所谓民主和普选议题感到反感，因为他从来觉得女人是不适合不应该去触碰这种议题的。

他在美国经常独自在实验室，开展各类汽车加载实验，桥梁抗震抗风和稳定性实验。长期的独居和性别倾向上的压抑导致他行为的异常。加上在婚后因长期没有正常性生活和孩子，他曾被静涵逼迫去看过男性功能科，发现有严重早泄。这让静涵陷入巨大痛苦中，有好长一阵她由于工作压力和心情抑郁导致皮肤严重过敏，人生进入低谷。

就在她迷茫无助、不知道未来该何去何从的时候，她意外得到了苏教授的帮助得以离开美国，开始国内更有人情味的生活。她不知道她的婚姻是否应该继续，但她不想去想，因为太累。

当她下决心要完成相关研究时，便只身来到香港，并且联系了久未见面的范柳原，希望他可以助一臂之力。柳原一听静涵的想法，立马表示乐意协助。实际上，他对静涵本人的关心远超过她的课题。他到底是个生意人，当然希望时局安定，与政府保持良好关系，业务可以在中港两地顺利开展，这就够了。对他而言特首是谁不重要，重要的是他都会设法成为这些重要人物的朋友和座上客。这也是作为中上阶层的普遍心理。但他觉得静涵的研究是有意义的，何况一个美女学者，帮帮她能有多大关系。更让他激动的是，不管如何，静涵可以借此机会来香港。

他渴望重逢。

2

虞美人·听雨

（宋）蒋　捷

少年听雨歌楼上，红烛昏罗帐。

壮年听雨客舟中，江阔云低，断雁叫西风。

而今听雨僧庐下，鬓已星星也。

悲欢离合总无情，一任阶前点滴到天明。

由于一些商业、地产项目的开发与市民及学生的环保要求相冲突，静涵直观到了一些深层的矛盾与潜在危机。

静涵基于集体行动的理论，设计了一套关于民众对环保和集体诉求表达意向及行为动机的问卷，试图进入一些大学进行调查问卷，通过统计数据进行分析，并提出应对和化解冲突的方案和建议。

柳原对此极为不放心。他只是一个生意人，在他心里，生意人从来都是基于良心的利益至上，政治始终是最麻烦的，避而远之乃最佳选择。但是静涵坚持亲身参与和研究这场环保运动，让他萌发时刻跟随她的使命感。

"不行，如果你坚持要去，我一定陪你!"柳原毅然告知静涵。

静涵知道他的关心和好意，也没有强加拒绝。

她对柳原的关爱感到温暖和感动，女人不管如何都是喜欢和需要被关爱的。

进入校园调研当日，静涵在人群中不停地穿梭、摄影，柳原紧跟其后。看着她娇小的身躯穿梭在人群中，她对工作的执着和热忱让他从心底产生一种敬佩。事后，他请求静涵到他位于金钟统一中心 20 层的办公室避一下。在柳原的劝说下，她被他快速拉着跑向统一中心。

静涵从未去过柳原位于香港的公司总部，她跟着柳原穿过写字楼的走廊，来到位于尽头的总经理办公室。"President Lawrence Fan 范柳原总经理"的名牌醒目地印刻在门上。推门而入，办公室空间很大，复古泛黄的欧式家具配合豪华的办公桌，令人感受到一种总裁的魅力和威严。

静涵环视四周，墙上挂着几幅巨大的油画，都是美女的背影和在花园里的风光，展示了女性人体的丰腴美丽和色彩的奇妙组合。在这些画里还有一张巨大的照片，是在英国读书的柳原，下面标注了"1990年于英国伦敦"。静涵那时候才刚上小学，她不禁微笑了一下，仔细看画中的男人，比现时的柳原多了几分学生气，但也不乏英俊和潇洒，还略带绅士气质。

她来到窗前，拨开窗台上的盆景花叶，看到楼下密密麻麻攒动的人头，天空阴暗，下着小雨。

此时，柳原竟然从后面环抱住她，她立即回头试图挣扎。柳原的脸庞和气息已经紧紧贴着她，让她无法摆脱。

"不要拒绝我，好么？静涵！"柳原紧紧抱着静涵，她感到力气好大好大，没法挣脱的力度让她唯有顺服。当她转过头面对着柳原的时候，眼角瞥见柳原办公桌上的家庭合影，他，流苏还有美琪，欢乐地笑着，抱在一起。她大脑立即感觉这错误不能继续下去，当她再次试图挣脱柳原的时候，他一把抱起她进入办公室内的休息间，那是一个专供柳原小憩的卧室，里面有床有矮柜，还有欧式的花型壁灯，黄色温暖的光让人感觉置身酒店。

"柳原，不要这样。不行……"可是静涵还没说话，柳原已经把她抱到床上，她仰视着眼前这个男人，发现他眉宇间的帅气和英俊，以及高大挺拔的身材，为什么她不能给他一次机会呢？也是给她自己一次机会。生活已经太不容易，如果柳原是真心爱她的，也许爱过一次之后不管未来如何，都将是无憾了。想到这点，她一下子柔软了很多，开始从内心慢慢顺服。

"静涵！我爱你爱得好辛苦！看到你为了研究、为了事业执着的样子，更让我怜爱。但是我不要你那么累，给我机会让我来对你好，让你幸福，好么？"说着他开始探寻和亲吻静涵性感的唇。

静涵内心一阵感动，女人始终是听不得男人的好话的，即便知道可信度不高，但听了都会快乐。女人毕竟是最好哄的动物。柳原用热吻和爱抚让静涵一点点热起来，他吻她的眼睛、鼻子、红唇、到脖子，到解开衣襟的胸部和肚子，从上往下，静涵终于在柳原的热烈的爱中崩溃了最后的防线。

柳原从触碰，到进入到深入，她感到身体那个地方被温暖包围着……像是电流一般传到全身，不能自已。一次次猛烈的撞击让他感到瞬间回到青葱岁月的激情和动力，这种燃烧感已经那么多年没有了，终于找回来，多么久违！他舍不得离开静涵的身体，因为在达到高潮的刹那，他俩都如洪水决堤，特别静涵的体内是如此的湿润和灼热，他真想一辈子永不离开这美好的所在。

　　而她自己也难以置信地发现身体的强烈反应，那是在长年压抑后的恒久爆发，如泉涌如潮水，不可抑制。柳原对此无比欣喜，越发猛烈地用力度和持久度来展示他对身下这个女人深深的眷恋和依赖。两人终于在同时达到巅峰时呻吟和飘起，他们紧紧拥抱在一起，全身湿透。静涵散乱的头发铺满枕席。

　　这一刻，柳原终于冲破了她的所有防线，占领了她的 central。他俯身吻着静涵，双腿紧紧压住她的腿，盘绕在一起，他感动得几乎想哭。

　　"宝贝，原谅我……我是真的、真的、爱你！很多年……一直梦想着……今天终于实现了！我……是不是在做梦啊？"他激动地有点哽咽。

　　静涵疲惫但欣慰地微笑着，摇摇头。

　　"我知道今天才知道什么是灵肉合一，才明白什么是难以自拔。静涵，只有你，让我的情和欲可以如此完美地统一。这种感觉只有你可以给我，你知道么!"

　　柳原的深情让静涵落泪，她眼泛泪水笑着说：

　　"傻瓜，我知道，我知道的。"

　　柳原的难以自拔和流连忘返同时也让静涵有了对男女之事前所未有的体验。她在承受这个让诸多女人沉迷的男人的猛烈撞击中真正感受到做女人的快乐和进入巅峰状态的晕眩。她突然有种感恩的感觉，如果没有柳原也许她这一辈子会是多么苍白。这种男性的力量和温情并存的味道，也令她沉醉，无法逃避了。

当柳原满头大汗抽离她的身体的刹那，他惊异地发现床单上的血迹，令他瞬间紧张起来。他的第一反应难道是静涵经期么？她不是已经结婚了么，除了这个可能还会是？柳原抱住她：

"怎么回事？有血……不是吧？"

静涵终于忍不住流下了泪。

"怎么了？告诉我啊!"

静涵感到难以启齿，说自己是处女？真是鬼都不会相信。她如何来解释这个问题呢？

柳原对女人的了解和熟悉也非一般男人可比，他回想起刚才进入她身体的那一刻，那种紧致和阻力也是前所未有的感觉。难道静涵还是第一次？这怎么可能，她都结婚多年了呀。难道她跟老公从没有过？这令他百思不得其解。

静涵依然沉默不语，闭着双眼，而泪水已经在那一瞬不可控制地流淌出来，打湿了整片枕巾。她其实并不想哭的，而且她从心底没有一丝悲伤。那么这泪水情不自禁地流露说明了什么？是幸福？还是痛苦？

她用手握住柳原的手，温柔地看着他，笑笑又闭上眼。她没有否认任何！

柳原一下子用力抱住她，两人紧紧贴在一起，毫无缝隙。

"告诉我，你为什么会这样？"

静涵想说一切都是天意安排，可是此刻瞬间她竟然感到激动到难以言语，无法说话。也是因为今日方才体验到的钻心疼痛和这生命中终于来临的极致体验，让她无比感动和震撼，以至于失语。因为这么多年缺失的性爱、空白的婚姻和冷漠的夫妻关系都在瞬间被补偿回来了，而且在未来更会加倍赏赐给她。如果人对于磨难有足够的等待的耐心，那么一定会发现，失去的其实不值得拥有，而更好的就在不远处召唤着我们。

而柳原那么多年对静涵的感情一直处于憧憬又不是太炽热的状态，但每次见到静涵，尽管她总是穿的清新如女学生，在他眼里多多少少总是可以看到她裸体的样子。柳原将其自释为对她的真爱和充满欲望，否则不可能幻想至此。他也会不断幻想静涵脱下衣服时的形态，躺在床上的样子以及跟他做爱时达到高潮的面部表情。

得到静涵让他产生了从未有过的强烈征服感，也许就是因为得不到，长期得不到以及年龄距离所产生的极大诱惑，以及对占有一个老公没能力占有的女人的奇特满足感。

静涵一向洁身自好，还略略带有出色优秀学生和学者的小小清高，一般男人是绝对入不了她的眼的。同时她也是一个处事谨慎小心的女子，不希望因为这些风花雪月的事情给自己增加麻烦，避免被人家在背后指指点点。因此她在个人作风问题上秉持保守和小孤傲，读书的时候还被室友批评她是"清秀外表下的孤芳自赏和性冷淡"。

但实际上，静涵的内心是火热的，同时也是压抑的。她曾经无数个夜晚试图以自慰来满足自己的性需要，而做完却又感到无比的空虚和遗憾。她用手抚摸自己嫩滑的肌肤和如脂的胸脯时，经常会感叹和悲哀为什么没有真爱的人来珍惜和疼爱她的身体呢？

她的这份热情一直在等待一个值得投入的所在，是她心灵的港湾和精神依托的对象。她接受柳原一方面是因为自身婚姻的困境让她找不到生命突破的出口。另一方面，她的确被柳原这么多年的关爱感动过，特别是当她事业遇到瓶颈，论文屡屡被拒和进入三十岁门槛的时候，仿佛觉得青春的绚丽光芒一点点开始从抛物线的顶端开始下降，她不由地产生一种危机感。这种担忧虽称不上是对生命变老的顾虑和害怕，更确切地说，是对青春年华消逝而没有被尽情燃烧的遗憾。

这一晚，他们相拥而眠，直到天明。

第二天，当静涵踏上巴士回大围寓所的时候，看着窗外维港的风景，她突然觉得为什么不在人生最美好的年华去拥抱一份激情呢？过两年就三十五岁了，三十五岁的女人还有人青睐么？即便是喜欢，男人心中的憧憬想必是大打折扣了吧！

一想到这个，她突然有种愿意接受随心所欲生活的感觉，这份感觉从未有过，却如此美好和触动心弦。她是一个坚强好胜以及追求卓越的女性，但是再要强不服输，人也只有一辈子啊。但是，灵魂伴侣，soulmate，如果此生可以拥有，不是比其他东西更来得珍贵么！

人这辈子，就算不能肆意人生，至少也要有可数的难忘快乐片段吧。这么一想，连事业也仿佛变得无足轻重了。她把脸贴在车窗上，看着窗外的夕阳和弥敦道上匆忙行走的人们，当看问题的角度一变，人的价值观也会瞬间发生变化。静涵用手托着下巴，发现自己竟然就这么在一瞬间变了，变得让自己都不认识了。但是她不禁微笑起来。确实，生活的美好和真爱的甜蜜，是让任何尘世的男女都难以摆脱的。

跳下巴士的那一刻，她突然想起来今天是李清义的生日！

3

天净沙·秋江夜泊

（宋）徐再思

斜阳万点昏鸦，

西风两岸芦花。

船系浔阳酒家。

多情司马，青衫梦里琵琶。

　　静涵在收集了一部分资料之后，因教学的缘故不得不回到上海。柳原送她到香港机场，两人四目相对，默然离开的时候，竟然没说一句话。然而心若相知，无言也默契；情若相眷，不语也怜惜。

　　柳原依然伫立在那里，目送她的离开，只是心里已经坦然，过去的那种渴求却不得的失落已经被身心的融合弥补。而静涵，在走了几步之后蓦然回首，又不禁奔向柳原吻了他一下，随即转身进入了机场大楼。那一刻，他们仿佛彼此都感受了真爱，心里住进了一个人的那种感动和美好。这种激情会成为生命中的一道光，成为活下去的勇气！特别对静涵，她觉得自己好像真的是爱上柳原了，为什么终究还是会爱上他呢？女人一旦被一个极具魅力的男人占有了，其他的防线都会瞬间崩溃吧。

柳原不经意地生出一种感恩来，为他生命中得到自己极致喜欢的满足和难忘，以及由此生出的怜惜。想想可惜如今不可纳妾，当然静涵也必定不甘于做妾，但柳原内心感到对静涵的情感不止是做爱那么简单，他想娶她，让她成为范太太，摆脱现存的有名无实的婚姻枷锁。

但现实总是充斥各种束缚和羁绊的，能有十全九美已经足矣，遗憾永远存在。这一点，柳原心知肚明。也因为他深知家庭的重要性，特别是美琪对他生命的意义。流苏和女儿从来到身边开始就注定成为他最大的责任。婚姻除了爱还有多少责任在里面！

静涵让柳原的痴迷在柳原得到她之后与日俱增。这令柳原欲火焚烧，处理完公事之余，一想到静涵就坐立难安。尤其他一想静涵的第一次竟然给了他，毕竟男人还是在乎第一次的，尤其对一个四五十岁已年近半百的成熟男人而言。在已经看淡很多事物的时候意外收获大礼的惊喜令他按捺不住内心的激动和兴奋。对比与其他女人上床的感觉，跟静涵做爱，的的确确存在本质的不同。而且这种不同因他的认知而变得更为显然。

男人对性的追求，除了从风花雪月场所得到满足之外，同样也是出于精神感情之爱的。进而难免会将与不同女性做爱所带来的快感和体验默默品味和比较。

如柳原这类属于"老司机"的男人对女性的身体、敏感部位和私处的研究和感知已经相当熟稔。他之所以慢慢对流苏在性爱方面表现冷淡，与其说是他变心，更真实的原因还是他跟流苏做爱时的舒适度随着时间的推移慢慢减弱。

柳原对美女和性爱的追求一点不比他对事业的要求低。这种需求在深层次而言，源自他的童年缺失的爱，他渴求被母亲紧紧抱住，被亲人深深疼爱的温暖和舒适。而在他接触过的诸多女性里，他唯独青睐静涵。他自己的解释也是因为精神上更珍视她、仰慕她，进而在交合的时候融入度和包裹感也更强。

回到上海后的第二个周末，静涵又接到柳原的电话，他竟然也回上海了！

"明天礼拜六，我们去西塘吧！"

静涵一阵激动，对江南小镇的幻想和小桥流水的憧憬立即跃上心头。

　　他们从市区驱车往嘉兴方向驶去。静涵坐在副驾的位置上，从侧面看着柳原的脸庞。她微笑着，在遇到路口红灯的时候，会起身凑过去亲吻他，他也会报以轻吻。两人就这样一路吻到了嘉兴。时间已经近中午，静涵取出带的小零食，怕柳原饿了。谁料他一边开车一边笑着说："喂我！"

　　静涵睁大眼睛看着他。"用嘴！"

　　顺从中她感受到一种成熟男人的魅力充斥她的世界，她轻轻用嘴唇夹住朱古力曲奇，趁红灯的刹那凑到柳原嘴前，喂给他吃。

　　两人纵情地哈哈大笑，享受这个最甜蜜快乐的情人节。

　　抵达西塘后，两人入住柳原预定的颇具江南特色的民宿酒店。静涵这么多年来一直都属于纤瘦柔弱的女生，柳原很多次调侃她要是能再丰满一点，就更让他沉醉和欲罢不能。她也因此而尽力增肥，特别希望自己能圆润起来，因为她相信有爱就有希望改变一切。静涵在下榻的民宿房间里脱光了衣服，往秤上一站，惊喜地发现重了五六斤。当她急不可待告知柳原的时候，后者不屑地笑了一下。

"哇，柳原，快来看！我胖了耶!"

"哪有这么快。"

柳原听她激动地大叫，过来一看果然重了。他用手环抱住她，把头埋在她的发中。静涵调皮地问："三年多了，我可是首次增肥成功，你要怎么奖励我?"

柳原想了想，眯起眼睛笑着说，"奖励呀，从30分钟延长到45分钟"。

"哈哈你这个坏蛋!"静涵把他按倒在床上，"你这分明是奖励你自己呀，哪有你这样的男人!"两人打打闹闹抱在了一起。

静涵故意推开他："柳原，你怎么总想占有人家呢?"

柳原一本正经地说："有么？是你要被我占领吧？难道不是么？而且你看，我只占领30分钟，其他的时间你永远是自由的。"

也许一般女人会无言以对，可聪慧的静涵一听就反驳道："你呀，30分钟是占有了人家的身体，其余时间是占有了人家的灵魂，你这还不是全面占领呀!"

柳原大笑，他从心底里服了静涵的机智调皮又充满情趣的脑袋。"好的，全面占领!"他抱住静涵吻了下去。

静涵总是可以给柳原无限的激情，而且能持久地让他依依不舍，心有余而力不足。他觉得此生没有其他女人可以做到。也许流苏是可以的，但是因为他们结婚了，成了范太太，一切都变得天经地义，一切都不必再奢求和期盼，因此也就少了这份求之不得的占有。

静涵也觉得自己很清楚柳原的坏，但却怎么也提不起恨。正因此，她很担心自己会陷得太深，难以自拔。毕竟她已经不再是二十年前的青春少女了。柳原抱着她，把她的头靠在自己的臂弯里，静涵就像孩子一样依偎着他。

但是每一次做爱的完结两人都意犹未尽，尤其是柳原，他深深感到这世界只有静涵一个女人让他在进入她的身体之后怎么都舍不得分离。

无奈在高潮之后男人经过极度的巅峰快感，必将回归原位，没有什么是可以永恒高涨的。柳原发现做爱的高潮起伏与人生又是何等相似，激情过后剩下空虚和寂寥。而且性爱发生的必要条件的就是男人的强势，就像要成就一番事业也需要足够的冲劲和拼劲。正如柳原习惯于以平静几乎冷峻的口气命令其他女人把衣服脱了，这平静里所产生的巨大威慑力，让女人有种不得不顺服的力量。而柳原的魅力也许就在于他的霸道，他对他的女人有唯一的要求：你必须听话！

柳原思考过为什么世间把男人与女人发生性关系叫

做占有？而且是男人占有女人？当然，他是深刻认同这一说法的，因为他切身感受与静涵做爱是灵魂与肉体的合一，是纯然的占据他要的女人的感觉，特别最刺激的是静涵羞涩地躺在床上，他把她的腿叉开，褪下内裤，进入她身体的刹那，他仿佛掉进深渊一般沉浸其中，难以自拔。

静涵问他："柳原，你爱我么？"

柳原抱着她，点头说："爱！"

"那你爱你老婆么？"

柳原奇怪，为什么跟他上了床的女人都会提到流苏，可能这就是所谓的正妻之庄严地位吧！

柳原看着静涵说："那是责任！"

他皱了一下眉头，不想静涵再问关于流苏的任何问题，赶紧吻住了她的唇，他的舌也与她的舌交织在一起。他爱抚着静涵丰满的乳，瞬间又燃起做爱的欲望。

他用自己的双腿分开静涵的玉腿，俯视着她黑珍珠般的私处，有一种强烈的征服感和满足感。而静涵，在一次又一次的跌宕起伏中脑海渐渐一片空白，她忘却了流苏，忘却了自己，甚至忘却了柳原，忘却了她身在何处，唯一可以感知到的是体内的撞击和喷射的激情，让他们共同进入一个温暖潮湿的世界。

柳原用强健的臂膀撑开她的双腿，呈现巨大的倒八字，一边不断带她进入更癫狂的境界，一边俯身吻住她的唇，她有一种被彻底占有的无奈感。这是她三十多年来从未有过的体验，让她感受到一个女人的幸福之所在，正是这种感觉令她开始依恋柳原，毕竟，通往女人心灵的路永远就是阴道，张爱玲的这句话经典至极。静涵就是范柳原要的既冰清玉洁又富于挑逗性的女人。

沐浴过后，柳原主动要求为静涵吹干头发。一头乌黑飘逸的长发让他突然感觉眼前的女人有种母性的美好。因为柳原从小没有母亲，他虽然有丰富的对女性之爱的体验，但唯独于母亲和母爱是缺失的，此前从未有过任何一个女性，哪怕是流苏，给他带来过母性的温暖和依恋，只有静涵可以给他这种感觉。

一边吹着发，男人一边欣赏她白皙柔嫩的肌肤，小巧精致的耳朵，少女般的气质加上成熟而饱学的内心，他不禁放下吹风机，用手托住静涵的下巴，绕过她的头，深吻她的唇。

静涵也感到很幸福，体验着一种前所未有的被男性疼爱的纯情和幸福，这种细小但充满爱的行为似乎比性爱更能捕获女人的心。因为这是一般男人，即便是有欲望跟你上床的男人，也未必乐意做的事情。

静涵享受着柳原的吮吸、爱抚和温情，窗外夜色弥漫，他们在彼此的感动中领悟着生命和爱情的真谛。

傍晚时分，两人换了衣服去小镇晚餐。柳原每次占有了静涵，特别是在疯狂做爱之后，他总有种被掏空的感觉。但是每每这种感觉升腾上来的时候，他虽然两腿发虚，但内心充盈更备感占有的幸福。他们牵着手，静涵平时很少有机会感受江南的好，尽管她的祖籍在浙江绍兴，但却始终没到周围游览观光过。晚风徐徐掠过西塘的河面，红色的灯笼在屋檐下摇荡，柳原和静涵在靠近河边的酒家内小酌浅聊。

酒家的装饰韵味古色古香，茶具和酒杯都上了年代，墙上是泛黄的书法。角落边有歌女弹奏琵琶，楼下的游客穿梭如流，几杯黄酒下肚，静涵脸泛桃花，红润美艳，柳原真想上前一把搂了，亲吻她，无奈人多，他勉强按捺住升腾的欲望，心不在焉地听音乐赏美人品美酒。

静涵抬头，窗边是甫升的月，辉映着深蓝的天幕。她起身坐到柳原边上，抓住他的手，打开他的掌心，翻看起他的掌纹来。柳原笑道：

"你会看手相？你知道么，我很小的时候外婆就教我看手纹，人的命掌握在自己手里，而掌纹则隐藏着未来的人生。"

"又扯淡，哪有那么多学问，那你说来听听，看看准不准。"

"哈哈，我年轻时候用这种方法骗摸女孩子手，你还真信啊？"

两人相视而笑。

静涵对手相的确略懂一二，她从柳原的手纹中判断他曾经经历的坎坷和波折，说到一半，柳原不禁笑出声来。他无视有客在场，忍不住搂了静涵，他感到怀里这个梦想多年深爱多年的女人是那么可爱、纯真和善良。

"那你说说你自己吧？"

静涵一听就笑了："哪有自己说自己的呀，我不都知道了自己的过去吗？"她指着柳原的生命线，"你会是老寿星呢，你看你的生命线那么长！"

他微笑着，凝视静涵的美眸：

"我已经快五十岁了，再过几十年……到那时候也许就只能看看你了。"

"不会的，我们永远二十四岁。我们会活到八十岁、一百岁，我相信到时候你依旧活力四射。"

柳原突然感到一阵悲伤，三四十年以后也许他已经老得走不动了，也许他已经不在这个世界了。静涵一百岁的时候他都已经一百一十五岁了，他看着她，更加生出时不我待的怜惜之情来。

"柳原，不管到哪里一天，我都会陪着你，只要我还走得动，我就一定会去看你，照顾你。"这话让柳原无比感动，也让静涵惊异。她开始发现柳原在她生命中的分量已经慢慢超越了预期。

饭后，她挽着他的手在西塘的青石板小路上散步，一路都是随风飘逸的灯笼，透过红纸散发着温暖的光。耳边传来贰婶《石楠小札》的歌声：

浮云的希冀飘得太远

千万种表达在明沙中搁浅

沧海桑田一眼

浓似镂花的婚笺

忽而又淡如青烟

笔下有那么广袤的字可供选

偏偏生前未出版片刻团圆

也许如果痴念

不沾染生离死别

不配当倾城之恋

自认惊叹的桥段

终沦为老生常谈

给予你全部如病入膏肓一般

背叛萌芽在

追忆里每一处柔软

原谅至无可转寰

暗香弥漫

为容易颓败的感情详撰

无论后世我们传闻如何不堪

合上书中荒原

每寸逆风的石楠

结局便与你无关

若还能拥抱彼此

落泪也炽热温暖

寥寥数语亲笔封缄了遗憾

绽放千束永远隽在心底的石楠

倔强芬芳了惘然

不知能向谁去借

今世今生的一纸相伴

岁月安稳犹在梦里翻涌呐喊

时光剥离你我

像一袭华美衣衫

却要被追悔爬满

4

鹧鸪天

（金）元好问

候馆灯昏雨送凉，小楼人静月侵床。

多情却被无情恼，今夜还如昨夜长。

金屋暖，玉炉香，春风都属富家郎。

西园何限相思树，辛苦梅花候海棠。

　　静涵晚上一个人睡觉的时候经常会梦见柳原，有时候在他办公室听他说话，与他一起喝茶；有时候是在郊外爬山、烧烤；又有时候，她梦见嫁给了柳原，梦中终于摆脱了李清义，拥抱她真爱的也让她感到无比幸福可靠的男人，那种感觉实在是很美好很可贵，她在梦中感到无比幸福和感恩。但是当她醒来的时候，现实的冰冷让她心酸。

但静涵是高度独立和坚强的女人，每一层冰冷和心酸不仅没有成为打败她的力量，反而更助长了她事业的成功和内心的强大。柳原给她的爱和关怀让她感到温暖和幸福，但毕竟这不属于她，更不可能长相厮守。她对此实际上也已经不报希望了，命运的安排经常让她感到寂寞和残缺才是生命的本质。

每次柳原出差的时候都会分外想念静涵，渴望有她的陪伴。流苏总是让他在外出公干的时候帮她带东西，大到名牌包包和时装鞋，小到朱古力糖果，老缠着他要他带回来，他经常觉得女人麻烦，皱着眉头抱怨：

"这些东西香港哪里买不到，老要我买回来，烦不烦？"

流苏就会冷笑他："哼，叫你带点东西就烦啦，心里想什么别以为我不知道！"她很清楚男人始终还是要哄哄的，转头又会甜蜜地说：

"好啦，亲爱的老公，麻烦你帮我带一下吧！"说完又在他脸上亲了一下。如此，柳原就算心不甘情不愿也不好意思拒绝了。

下午他拖着行李准备去台北参与一个金融论坛，在机场候机的时候，他突然强烈地想念静涵。想给她打电话但又不知道说什么。愣了半天，还是给她发了一条信息："我现在去台北，明后天开会，顺便逛逛，你有什么喜欢的，告诉我！柳原。"

他自己都难以置信为什么对静涵就没有半点勉强，而她不像流苏，总是什么都不要。没想到静涵很快回复了他："旅途愉快平安！方便的话帮我带点台湾的凤梨酥，是我最喜欢的，谢谢！静涵。"

柳原看到信息，兴奋地坐立不安，蓦然他有种马上飞去台北买好凤梨酥带回来给静涵的冲动。他发现面对静涵，他找到了年轻时候的激情，一种失而复得的珍贵感觉。他傻傻地拍了几张机场的照片，包括自己在贵宾室吃的点心咖啡，传给了静涵。

可惜到了台北当晚，好几个企业老总拖着柳原去喝酒，无奈没法分身。几巡敬酒后微醺的柳原问了瑞旺集团秦总的秘书："詹小姐，请问这附近哪里有卖凤梨酥的？麻烦帮我带两盒。"

詹小姐俏皮地笑道："范老板那么晚了还想着凤梨酥呀，买给谁的呀？"

柳原笑笑，不假思索地说："我太太爱吃。"

詹小姐对他抛了个媚眼："放心，这些小事交给我去办就可以了，范总。"

车子开到酒店门口，柳原与朋友一一道别，目送他们离开后，他还不想回房间。他想在台北冷清的晚上，一个人走走。春雨绵绵，飘荡在静静的夜空里，青石板路上人迹稀少，风中摇荡着的唯有两旁酒家门楣上的大红灯笼。柳原的脑海里满是静涵的笑容和她在床上的媚姿。想要静涵在他身边，挽着他的手，头靠着他的肩膀，这欲望强烈刻蚀着他的心。

此刻他突然意识到，他生命中的女人，妻子、情人和红颜之间最大的区别就是：妻子的唠叨、情人的温情和红颜的疯狂。如果这三者能统一该有多好？但是要让老婆同时成为情人是难的，女人年轻的时候以性感和美丽抓住男人的心，可以让男人欲望很强，但是到了五十岁，要说以貌悦人真得很难了，除了少数极品女人能保持容颜和身材不变。所以要男人依然保持原来的兴趣几乎是不可能的了。

但是情人的感觉不同，比自己年轻十五岁，产生一种妹妹和女儿的综合体，见面的刺激和紧张，是老婆无论怎样都不可能酿造的了。至于红颜，短暂的疯狂可以让男人充分放松和忘却烦恼，但是没有灵魂深处的精神羁绊，往往也是很快地遗忘。

柳原走着，又开始幻想与静涵做爱的场景，回味在她身体里的幻妙感觉。他总是深深扎入，到她身体的最深处，到她灵魂的最深处。他情不自禁地哼着曲，感受到每一束神经都在欢乐地歌唱。

循环往复单调的音符，在情爱的泼墨、渲染和写意下可以如此的呢喃、婉转和悠长，灵魂的交汇和盘绕会让男女彼此产生默契和共鸣，水乳交融，暗香浮动。

第五部

沉　浮

1

《秋风词》

（唐）李　白

秋风清，秋月明，

落叶聚还散，寒鸦栖复惊。

相思相见知何日？此时此夜难为情！

入我相思门，知我相思苦，

长相思兮长相忆，短相思兮无穷极，

早知如此绊人心，何如当初莫相识。

　　柳原公司需要举办一次产品发布会，地点确定在澳门，由于公司的临时翻译顾问病了，情急之下柳原直觉想到不如邀请静涵来客串。他对静涵的英文水平和专业素养有十二分的把握，只是这个活动预先确定了流苏也要参加。他恳求静涵答应帮他这个忙。

　　静涵听罢犹豫了很久，她无法理解柳原胆敢让老婆和情人同时出场，而且她自觉在澳门的酒店举办这种活动，对柳原打的什么算盘心知肚明。

　　但在柳原的再三坚持下，她最后答应了，一来也是因为她平素里听柳原提起过流苏，也看过她的照片，能亲见一次对她来说也具有足够的好奇和吸引！二来她对自己也有信心，特别是驾驭职场的能力，以及她想，纵然不顾其他，她还比流苏年轻了十来岁，这就是优势！

　　夜晚的澳门依旧炎热，威尼斯人酒店里热闹非凡。这个充满意大利特色的华丽建筑、缓缓流淌的大运河和悠然穿梭的贡多拉船，伴随船夫优雅美妙的歌声，浪漫地在运河上缓缓航行。静涵选择了一袭白色长裙，素雅端庄，清新秀气。

　　她在公司助理的安排下担任新闻发布会的英文翻译。当她远远地看到穿着真丝旗袍身材苗条优雅又不失丰满的白流苏出现在视线里的时候，顿时被她的美艳震撼到了。

　　不愧为范太太！流苏身上有一种独特的吸引力和气质，让静涵不禁屏息凝视。柳原穿着黑色西装，头发专门打理了一下，散发出一种让在场女士都会心动的魅力。他与流苏一起，郎才女貌的男女主人公，在公司人员的陪同下来到了主席台，这一路，他的目光都没有离开过静涵。他对着静涵笑笑，不太自然，但故作自然："这位是白流苏。"

流苏微笑地看着静涵，很优雅地点头道："你好！很高兴见面！"

静涵有点不自然，勉强报以微笑的同时不自觉地看了柳原一眼。大家依次坐下。静涵看到流苏作为范太太参与剪彩和合影的风采，她对着镁光灯展现出极为淑女得体的韵味。

一种从未有过的痛楚向她袭来。但是，她竟然发现自己对流苏提不起一点恨意。内心反而羡慕流苏，羡慕她什么都不知道，而作为一个知晓一切的女人，矛盾和质问充斥她的脑袋和神经，让她几乎崩溃，她觉得身心都有一种跌入深海的寒冷和失落。

男女之间有过和没有过始终是不一样的，她始终还不确定她到底有多爱柳原，因为长久以来都是柳原在追她，沉迷于她多过她对柳原的执着。然而此刻，她可以感受到柳原刻意回避却又不自觉被她吸引的目光，那种目光让她灼烧。她瞬间觉得，这应该是最后一次见柳原，此后分道扬镳，因为她再也难以忍受和无法面对这样的一个男人了。她要忘却他！

柳原从静涵的眼神中已经感受到异样，特别瞥见静涵站在角落看到他跟流苏共舞时低落的神情。他穿过人群走到她身边，歪着头低声要求结束活动后到静涵房间去。静涵睁大眼睛看着他，觉得这个男人是不是疯了，竟敢当着太太的面还想找她！

但她知道，范柳原就是范柳原，没有什么是他不敢做的，只要他想做。也许正是这种大胆和狂妄，才让她倾心于他吧。但她是真心没法接受他再碰她了。她一想到自己角色之尴尬，一想到他与流苏在床上的情景，她顿时感到一阵晕眩。她不懂柳原今天请她来是把她当作什么了，立即抽身退出酒会，往电梯口走去。

柳原一看到她的离开，随即打断了与建筑公司章老板的谈话，表示去下洗手间，尾随着静涵到了 16 楼。她加快脚步，刚打开房门想关上的时候，柳原已经冲了进来，他怔怔地看着她，说不出一句话。

"你跟来干什么？"静涵没有正视他一眼。

"不要这样！我……"柳原知道静涵生气了，但这是他无法解释的场景。

"你下去吧，我有点不舒服。"静涵走进房间靠在梳妆台上。

柳原依然跟着她，走到她面前。 "不要这样！我……"一边说着一边撩起了静涵的白色长裙，触碰到她的内裤和肌肤的时候他感到自己一阵痉挛，仿佛有电流传到他全身，欲望开始灼烧他的心。他试图抱住她，被她一把推开了。

"范柳原，你太可笑了！你想怎样？你让我体验我从未体验过的难堪和痛苦，你知不知道你这样太折磨人！太折磨人了！我终于见到流苏了，她好美，那么美，那么好，你为什么还要来找我？"

柳原知道静涵一贯是理性克制的人，流苏是他太太也是她一直都知晓的事情。只是两人相见总是心里不舒服的，他也懂得。他知道，在他身边站着流苏的时候，他心里想的是静涵。

"好了，这样的场合，你难道叫我不理她？我跟她好就不能跟你好了？"呵！这是什么理论？！可柳原不容静涵再说，一下吻住她的唇，用力好猛，静涵的头被抵到了梳妆台的镜子上，可惜这面镜子太厚，他们跌不到属于他们的另一个世界里。

现实与理想始终是隔得太遥远，太遥远了。静涵感受到柳原从未有过的热情和深吻，现实的残酷和内心的纠结不得不开始慢慢化解。

静涵在前几次与他做爱的过程中总要喊叫，这种喊叫，也许虽未必代表她真的达到高潮，但是力图蒙蔽自己的感官和神经。在紧张又刺激的情景下，柳原低声呵斥她不许叫，强力控制住她喊叫的做爱比不断叫出声的做爱总感觉更刺激和具有爆发力，至少柳原是这么认为的。

特别在这样的场景下，一想到流苏在楼下招待客人，他们避开众目躲到楼上偷欢，他更感到一种难以遏制的激情涌向身体和脑海，这让他加快了冲击的速度，他的手臂用力环抱住静涵，在与她融为一体的瞬间，他感到肉体和精神都跟她紧紧连在一起，这强烈的爱情让他感到蒙蔽，以至于看不到周遭的人和事，灵魂也开始飘荡。

当他趴在静涵身上的时候，他没有再说一句话，只是内心被自己的激情所感动，他知道此刻他除了做爱他已经无法再通过其他方式来寻求静涵对他今天安排的原谅和继续对他的爱了。

为了防止流苏疑心，柳原马上穿上衣服回到楼下大厅，静涵一个人蜷缩着躺在床上，眼角的泪水情不自禁地流淌下来。她感到内心被堵住了，有太多太多的情感难以启齿，她必须学会把这些情感和经历掩埋，因为如果不这样，她和柳原都要承担更大的现实中的代价。这是对柳原和流苏的慈悲，更是对她自己的慈悲。

可是静涵真的没法理解男人的心，她的思绪开始抽离：一个拥有如此完美妻子的男人，也依然会做出背叛老婆的事情。

但凭借自己的经验,从柳原痴情的眼神、坚定的目光以及做爱的力度让她真实感受到他的爱和炽烈,这不会是假的!否则他不会如此迫切,他也没理由来故意表现这种虚伪的热情。但是这一切真的可以信赖么?

　　一想到这个问题就让她备受煎熬,几乎没法呼吸。她躺在床上闭上眼,试图保持冷静和稳定,这一切不论是真的还是假的,此生都无法再相信婚姻和爱情。

　　但是这痛楚感极强地剥蚀着她的心,她宁可相信这是真的,宁可原谅柳原,因为女人在情人的爱面前,是多么多么的无力,所有的拒绝都可以在被他占有的瞬间土崩瓦解!

　　然而她依然还没深刻了解男人的本性,永远希望得到更多、占有更多,特别是对事业成功、占有欲强烈的男人而言,只要有条件有机会都无法摆脱对情人的占有欲。哪怕激情过后会陷入自责,感到愧对妻子,但依然会沉迷在情人的柔情和刺激中,享受冒险的乐趣。

　　这个世界,情感复杂的终究还是女人,男人只想得到心爱的女人,从肉体到灵魂,唯一的顾虑顶多是如何处理老婆和情人两个女人之间的关系,如何不影响自己的家庭和个人声誉,仅此而已!

　　静涵知道自己行为的不道德,特别是面对流苏,但是在爱面前她感到无可奈何,她太希望三角关系中没有了谁对谁的占有，只有爱充盈其间。

然而只是因为她是清醒的那一个，她顿然开始羡慕起流苏来，毕竟她是名正言顺的范太太，受到众人的仰慕、尊敬和赞美。

她知道自己是不该去如此跟流苏比的，但是女人之间的这种感情难以控制。她作为一个受过教育和极为克制的知识女性，但也深深感受到自己内心的煎熬和苍凉，更清楚地感知婚姻的悲哀。

恩爱的假象、所谓的激情都一定会以失落、孤独和迟疑告终，婚姻必然要惩罚进入婚姻的人，让他们深受捆绑，难以挣脱。

认清楚这一点，她内心反而淡然了。她走进浴室，脱光衣服站在镜子前，看着自己，开始笑，笑命运的弄人，笑柳原给她的诸多体验。她也不再妒忌流苏，所有的情感都随着做爱烟消云散了。

人性的全部虚假和真实、男人的本质和对真爱的无奈，在这一晚让她亲验得淋漓尽致，彻头彻尾。

2

殿前欢·碧云深

（元）卫立中

碧云深，碧云深处路难寻。

数椽茅屋和去赁。云在松阴。

挂云和八尺琴瑟，

卧苔石将云根枕，

折梅蕊把云梢沁。

云心无我，云我无心。

宝络终于来香港探亲了。下午抵港后由柳原的司机
接回位于西贡的家里。宝络已经很多年没来香港，感觉
非常新奇和快乐，她收拾了一下流苏隔壁的房间，晚上
两姐妹相伴坐在露台喝茶吃点心，看着星空在海潮音里

147

叙旧。

　　宝络也早已成家,如今已是两个孩子的妈妈。自从前年嫁给一家网络通讯公司的主管王嘉霖之后,就借机跟随先生到处走,一来帮先生处理些力所能及的公务,二来游览各地风光。因嘉霖的公司业务遍及东南亚,收入还不错。这次终于盼到嘉霖来香港公干,她急切地盼望着与姐姐流苏重逢。宝络已经不再是以前不听话的小姑娘了,现在还任职于上海政府的某个部门,这是她从小一直向往的职业,从事青年、妇女和儿童方面的相关工作,特别是公益活动。因为人缘好加上她业务能力强,很快得到晋升和领导的赏识,年底就要去区政府的办公室做副主任了。流苏得知宝络事业上的发展,不禁握着她的手欣慰地笑着,她打心底里疼爱这个妹妹,那么有出息又贤惠。而更让流苏羡慕的,是宝络已经有了两个可爱聪慧的孩子,前年刚结婚后不久生了女儿草草,今年又喜得贵子好好,可谓事业生活两全其美。

　　宝络很喜欢香港的点心,即便吃过饭还馋得停不住嘴,她看着流苏不好意思地微笑着说:

　　“姐,时间过得真快啊,你看我两个孩子都有了,美琪也快上小学了。我们都要老咯。”

　　流苏摸摸她的头:“我们永远二十四岁,好不好?”

　　宝络使劲点头:“嗯!有道理!心态最重要。我现在家庭事业都比较稳定了，孩子也不用太操心，就是很快要去区府办工作，听说会很忙呢。姐，你说我在团区委做得好好的，虽说是职位晋升，但还是感觉换了个新的环境又要开始再去了解相关工作，有压力啊！要做好还得花点力气的！"

流苏虽然不工作，但她对世间的人情世故是非常的老练和成熟的，这是人生的经历教导和培训了她。

"一个人在一个职位做久了就会慢慢麻木，变得没有激情，换个岗位可以让人有新鲜感和动力呀，这样对工作也是有好处的。其实政府的事务都差不多，你肯定很快可以适应。"流苏一边喝茶一边说道。

突然间，她领悟到这个原理岂止适用于职场，婚姻不也是一样的么？为什么她和柳原走着走着就淡了，是缺乏激情和新鲜感了。而如果要追究责任，时间就是最大的罪魁祸首。然而可笑的是人们对职场的变动更新深以为然，但对婚内出轨和新欢的出现却无法容忍和接受。的确，感情跟工作一样，是需要激发 passion 才能产生动力的。

遥看远处的大海，在夜色和灯光照映下散发着深沉的魅力，深蓝接近黑的画布让人沉醉。宝络说她白天外出玩得有点累先回房休息，流苏一个人躺在摇椅里，她突然想起汪以真来。从他健壮的体魄，宽广的胸肌，到他对她炽烈的性爱，流苏情不自禁闭上了眼睛。

很多人生的疑惑会一直困扰着人，然而在不经意间却又全部可以找到答案。以真曾经跟她说过他与妻子之间在床笫之事上缺乏热情，原因就是没有欲望。流苏不能理解一个在老婆面前阳痿的男人为什么可以对她如雄狮猛兽。此刻她彻悟了，欲望源自爱和激情，特别对男人而言。没有欲望身体也不会有反应，这于女人也是一样。如果纯粹出于夫妻关系而履行义务，那也是勉为其难甚至无法进行，到最后大家只是在一张床上睡觉而已。如果说年轻时期的男性更注重感官刺激和享受的话，那么中年男人对感官的追求则更上了一个层次，他们也需要精神的共鸣和灵魂的交融。

一想到这些，就令她对婚姻的失望和悲观又增进了一层。以结婚为名的安稳生活，本质就是牺牲自由束缚自己的牢笼。如果说前一次婚姻是缺乏爱的话，那么这一次就是爱在时光的流逝中被磨蚀和淡化，某种程度上，也许比前一次更可悲。

但是流苏从心底是依恋和爱着柳原的，这一点她清楚知道永远不会改变。因为他们是经历千辛万苦才走到一起的，尤其对她而言更是如此。该如何找回消逝的激情呢？

她觉得好难，好难，因为婚姻消除了男女之间的距离，让性爱变得理所当然。但唾手可得的东西往往都不会被太过珍惜，也许她觉得她应该离开，哪怕是短暂的分居也好。

　　流苏猛然站起身，靠在阳台的栏杆上，夜风吹散她的头发。想分居的念头一旦升起就很难再压下去，她决心要跟柳原保持距离，不如带美琪回上海生活，香港这边有阿彩协助照顾就行，反正柳原也很少在家，她在与不在又有多大区别。她深吸一口气，考虑笃定之后感到倦意一下袭来，进屋一看已经十一点了，美琪在床上沉睡着。她俯身轻轻吻了吻她的脸颊，回房也躺下了。

3

清平乐

（清）纳兰性德

将愁不去，秋色行难住。

六曲屏山深院宇，日日风风雨雨。

雨晴篱菊初香，人言此日重阳。

回首凉云暮叶，黄昏无限思量。

趁宝络在香港逗留的几天，流苏带着妹妹逛了时代
广场，去了南丫岛看海品尝海鲜。宝络还特意要求姐姐
陪她去闻名遐迩的大屿山仰望天坛大佛和品尝斋菜。流
苏看着宝络津津有味的样子，不由跟她谈及要离开香港
一阵，带美琪回上海念书的想法。宝络眼睛一转，马上
叫道：

"那姐夫怎么办？"

流苏看了她一眼，低头说："大家保持一定距离也许更好，我不想跟他住一起，至少近期特别有这种想分居的感觉。宝络，不瞒你说，家里发生很多事情，让我心神不宁感到很不安。"

宝络睁大眼睛看着流苏："发生什么事啦？是不是跟姐夫闹别扭啊？夫妻间吵架争执是很正常的啦，过一阵就好了。你听我的别走！"

宝络凑到流苏耳朵边说："你让他一个人在这儿，岂不是更成全了他！"

宝络的眼神机灵聪慧，流苏反应过来的时候不禁莞尔一笑，心想这妹妹到底是知根知底的手足！连她心里想什么不用说都一清二楚的。

于是，宝络给流苏出了个主意。

"姐，你要暂时分居我不反对，大家冷静冷静，别天天臭脸相对。但听我的，别离开香港。我给你一个一举三得的主意。你现在没事做，美琪也快去小学了，白天有的是时间，不如去香港大学或者中文大学读个文凭。既增长知识又可以打发时间，然后就在附近再物色一层楼，我看现在香港楼价正在低位比上海还便宜，买楼又可以投资又可以方便跟他分居，岂不妙哉！"

流苏听罢，捏着宝络的耳朵叫起来："好啊，你个宝络，士别三日，当刮目相看啊！果然是我的好妹妹，走，明天就陪我去看看中文大学周围的楼盘吧！我听柳原说过他们的社会科学专业非常好，老师都是海外回来的，你这个主意正合我心，我们可以去周边看看有没有适合的寓所。来！干杯！"流苏心情顿然舒畅，发现妹妹的建议可以给她的生活注入新的活力，又不会对家庭带来太大影响，她感觉顿时轻松，饮完了杯中的铁观音。

晚上回家流苏向柳原透露了自己的心意，当然不会直说想跟他保持距离离开的想法，而是以考虑进修学业，为了方便起见也趁楼市低位看看中文大学周边的房子。她原以为柳原会反对，没想到他非常赞成。

"这个主意不错啊，怎么突然想到去进修了？学无止境，多读点书肯定是好的，可以看看中大商学院或社会科学院的课程，他们院长都是我的朋友。房子嘛，你自己拿主意，我绝对放心你那精明算盘，不会吃亏。看上了就买下吧。"柳原微笑着说道。

流苏听罢赶紧靠近坐在沙发上的柳原，给他斟了一杯茶，不经意地看了他一眼说：

"你支持的话我就最开心了，我是想美琪也快去小学了，正好九月开始可以报个班，白天可以去充实一下自己，也好多认识些朋友。中大附近的楼盘你有建议么？帮我问问你的地产朋友，推荐推荐。明天宝络陪我一起去看看。"

柳原心里琢磨着流苏怎么突然想起学习来了，他从不低估流苏的认知水平和为人处世的能力，但心血来潮去中大学习还是有点不可思议。但他转念一想，如此一来她就更多心思放在学业上，可以少盯着他的行动，未尝不是一件好事。于是他立即表示高度支持，并且答应在流苏物色好心仪楼盘后马上处理相关买卖手续。

第二天，流苏和宝络在中原地产崔先生陪同下，看了位于中文大学周边的沙田大围和大埔区楼盘。两人看罢一致认为大围名城的公寓最合心意。一来交通方便，靠近地铁站，距离中大港铁 15 分钟；二来屋苑内设施豪华，附带的会所有室内室外泳池、桑拿健身房以及运动健身馆。流苏看罢一套名城三期 33 楼朝向东南近1000 尺的单位。

"姐，你看这房子看出去视野辽阔，景色极美。家居用品一应俱全，空调、洗衣机、煤气炉、电视机、床，拎包即住啊。"宝络站在阳台上兴奋地说。

"嗯，我也挺喜欢的。"

流苏想象着可以在这里跟美琪一起度过一段清静的时光，她特别希望白天在学校学习看书，晚上陪美琪一起做功课的温馨情景。没有柳原，生活可以少很多心烦事，至于浪漫甜蜜她已经不指望了。

中原地产副总裁亲自接待了流苏，两周后流苏就住进了位于名城三期 33 楼 1000 多尺的公寓里。美琪初临新家，兴奋地到处乱跑，要求流苏把家里的公仔玩具都搬过来。柳原要求阿彩在流苏学习期间也住在名城陪伴照顾，他坚持一个人完全可以照顾自己，阿彩关照好美琪即可。流苏拗不过他，只得答应了。

静涵这段时间忙着处理几个课题研究，晚上回到家经常一个人查阅资料和写作。她透过书房昏黄的灯光遥看窗外山景的时候，眼前总会浮现出柳原的脸庞。那样深情、那样疯狂，也那样让人痛恨。她是个从不恨人的人，但对柳原的恨其实也还是出于对他的爱，以及必须与他人分享他的爱的痛苦和煎熬。既然明知大家都是有家室的人，如此两厢情愿地热恋缠绵，必定会遇到不可摆脱的痛苦，就是双方都还有妻子和丈夫。如果婚后还是真爱着另一个人的话，怎么可能做到对他的家庭不闻不问呢。

正思忖着，静涵又听到楼上传来"咚咚咚"的跳跃声，以及快速跑来跑去的脚步声。这一阵几乎每天都会如此，静涵已经几次上楼请对方注意。楼上的菲佣除了"太太对不起""太太我们这个小朋友太调皮"，亦或"哎哟我又忘了提醒她注意了，真是不好意思"打发过去。起初静涵也接受了道歉，只求对方保持清静和不要太吵闹大声。现在又持续不断地"咚咚咚"。她感到没法忍耐，穿着拖鞋直接去楼上想找他们主人再说明一下。

楼上开着门，远远已经听到小孩子的叫喊声和拍皮球的声音。静涵站在门口，敲了敲门，心想今天一定要跟孩子父母直接沟通下了。蓦然间，她看到一个无比熟悉的脸庞出现在她的眼前。竟然是白流苏！

静涵顿时感到自己心跳加速，她下意识地一只手握拳放在胸口，怔怔地看着流苏。她还是那么美，那么有气质和优雅。静涵几乎忘了自己为什么会站在这里！

流苏听到敲门声走到门口，见到一位似曾相识的小姐莫名看着她，她微笑了一下，脑海中不断搜索哪里见过这位小姐，但是没想起来。看她白皙的脸在一袭纯白棉麻的连衣裙映衬下更显柔弱和娇小。

"请问这位小姐，你找？"

静涵这才反应过来："哦，不好意思，是这样的，之前跟你们家工人姐姐也有说过，能否拜托小朋友在玩的时候不要太大声，楼下特别吵闹，影响我休息了。非常感谢！"

流苏一听，连忙说：

"真是不好意思，她在家确实喜欢跑来跑去，有时候不听话，给你添麻烦了，我一定会多注意的，打扰你休息实在过意不去……我一定……"流苏还没说完，她发现眼前的小姐已经推开楼梯门迅速跑了下去，转眼消失得没了人影。

"哎……"

流苏想了想，还是没想起来哪里见过这位小姐，但确实很眼熟。她看到美琪又在跑跳，赶紧过去抱住她，让她安静坐下看书。

静涵回到房间，整个人瘫坐在躺椅里，她觉得如此巧合让她难以置信。白流苏竟然就住在她楼上！那么范柳原呢？他从未提过家在名城啊，一直说住在西贡的。而且他还曾经几次与她缠绵云雨后送她回过名城的住处，每次柳原都是送到屋苑外再离开回家。难道他俩分居？这实在是让她难以理解。

不行，她一定要问问柳原是怎么回事。他家到底在哪里！

自从见过楼上的白流苏，静涵进出楼下大堂都有点惴惴不安，她感到会莫名紧张，生怕又遇到流苏，甚至跟范柳原在一起。她精神疲惫，不知道该怎么办。

回到家的时候静涵的手机响了，显示的是范柳原！

静涵不敢接，她的心跳再次加速起来，让她感到紧张和疲惫。范柳原，到底在搞什么鬼！

4

千秋岁·数声鶗鴃

（宋）张　先

数声鶗鴃，又报芳菲歇。

惜春更把残红折。

雨轻风色暴，梅子青时节。

永丰柳，无人尽日花飞雪。

莫把幺弦拨，怨极弦能说。

天不老，情难绝。

心似双丝网，中有千千结。

夜过也，东窗未白凝残月。

　　"前几天公司很多事情，分不开身，不好意思。她今天回上海去了，晚上我来接你，到西贡吃饭。"

听着柳原低沉熟悉的声音，静涵紧张又激动。尤其想到他从不说"我太太"而说"她"，她顿时有一种被爱的幸福满足感。女人就是这样奇怪的动物。

夕阳西下的时候，静涵搭车来到西贡码头，由于是周末，码头边上人声鼎沸，肤色不同、穿着各异的男男女女在街边散步，岸边贩卖海鱼海虾的小艇此起彼伏地漂荡摇晃，看得她有点晕眩。靠近岸边，一股淡淡的鱼腥味扑面而来。静涵抬头看着西山的落日和棉花糖一般的云彩，深吸一口气，沉醉在香港绚丽多彩的山水景色中。她历来不喜欢上海的海，黄泥夹杂着咸水，黑暗沉重，没有一丝美感。她特别喜欢沙滩，即便是小小的一片，也可以让她回到孩童时般的享受，全身心放松。

突然，她的眼睛被一双大手蒙住了，吓了一跳，回头一看，是柳原，正凝视着她，微笑。

"喂，这边这么多人，不好意思啊……"她有点害羞地低头。

这种女生的味道和姿态让柳原心潮澎湃。他旋即拉住她的手，两人奔跑着来到停靠在岸边的一艘白色游艇前。静涵的手被他牵着，顺势踏入客舱中。柳原向着船员点了点头，顷刻间游艇不断加速，驶向远方的大海深处。

"唉好累，很奇怪，看到你我就神清气爽了，真的。"他握着她的手，把外套披到她身上，"晚上冷，别着凉。"

静涵看着船外的山水和驶过的渔船，她的脸在夕阳余晖的照耀下散发着迷人的少妇之魅。柳原一想到是自己让她成为女人，便不由自主地把她紧紧地揽入怀中，他的鼻子贪婪地嗅着她头发的气息，非常香甜，直欲醉人。

"柳原，你到底住在哪里？不是在西贡么？"

他看着静涵天真的眼神，一五一十把流苏想去中文大学深造的计划告诉了她，出于方便考虑，他答应流苏在名城买下一个单位居住。

静涵听完满意地点点头，但是她还是忍住没有告诉他流苏其实就住在她楼上。他们两人在西贡吃罢海鲜晚餐，柳原喝了点红酒，颇有醉意地请求静涵陪他回家。静涵始终清楚自己的身份，试图把两人的关系维系在一个已经不道德但不至于太过不道德的境地。

她婉言拒绝。

柳原走到她面前，看着她说："你舍得我一个人回去面对无限的寂寞和漫漫长夜？"

周围很多行人，静涵不好意思地立即拉着他走开，跟随他来到他的家里。一个乐意带情人回家的男人，多数都是真心的。因为如果只是在酒店或别处逢场作戏一下，并不值得奇怪。能带情人回家的男人一定是对她动了真心的。

静涵走进客厅，摆设非常典雅和复古，桌上摆着姿态婀娜的盆景和素雅的百合，旁边是精致的茶具、古董，一看就是价值连城的宝贝。四周墙上挂满了全家人的照片，每一幅都镶着相当别致的相框，沙发对面挂着一副巨大的书法作品，柳永的《雨霖铃》：多情自古伤离别，更那堪、冷落清秋节。如此伤怀的词句让静涵伫立良久，回味不已。

柳原斜躺在沙发上，凝视着静涵的背影，带着欣赏，看着她。

"来，帮我把袜子脱了，还有裤子。"

"哟，架子真大，还要我帮你脱啊？柳原，你累了就早点休息，我明后天再来看你。"

她不知道，范柳原怎么可能随意就让她回去。他在心里已经酝酿了很久，想在自己的家中得到她。办公室虽然也很激情，但总是让他有一种不安全的压抑感。而家里不同，不仅足够私密，而且还有背着流苏偷欢的罪恶感，这种感觉却也更激发出男人无限的动力和激情来。

"我架子大？大爷我一直架子大，你双手接不住就上身接，上身接不住就下身接……"静涵还来不及反应已经被他环抱起来，快速冲向卧房的大床。

"哎，放我下来!"她大叫着。静涵真的开始反抗，因为她对流苏虽然生不出天然的好感，但却不想对她不敬。尤其在他们的床上，她觉得简直是一种亵渎。

"不要，我要回去了，你别这样!"

柳原喝了酒此刻更加亢奋，静涵的拒绝在他的感官里成了刺激征服欲望的催化剂。他用力把她按倒在床上，一条腿压住她的双腿，从后面褪下她的丝袜和内裤，把她的短裙撩到腰部，下身一挺，犹如医生给病人打针一般扎进她的身体里。

难以抵御的胀痛感弥漫全身，让她无力反抗，她的手紧紧抓住被单，侧面被柳原压着，几乎没法呼吸。也许男人表达爱的方式就是做爱，女人则更多是说爱，然而谈情说爱的最终目标依然还是做爱。

静涵在被他一次次从后面猛烈地撞击中体验到了一个女人被占有的快感，她突然想笑，尤其是柳原把她的胸衣从后面解开，她的双乳被这个男人紧握的时候。她发现自己的身体也因为柳原的宠爱而越来越散发出女性的润泽和美，特别是下体也很容易潮湿。柳原很敏感，也已经注意到了这个微小但让人亢奋的变化，欣喜的感情和彼此的融入让两人更容易直达巅峰和仙境，体验男欢女爱最极致的乐趣——灵魂与身体并存、爱和依恋并重的境界。

　　柳原用力冲刺和喷射后，全身瘫软在了静涵的背上，双手环绕着她的双臂。静涵闭着眼，任由柳原亲吻她的唇，她的舌，她的乳和她身体的每一处。

　　夜深了，迷糊中静涵听到阵阵响亮的浪涛拍打海岸的声音，睁眼看到床前挂着流苏和柳原的合影照片，流苏坐在椅子上，她是如此的优雅和高贵，柳原俯身抱着她的肩，目光炯炯有神。罪恶感瞬间涌上她的心头，静涵倏地坐起来，身边是沉睡的柳原。她透过对面透明的落地玻璃窗，看向漆黑的夜空和闪亮的繁星，突然感到一阵无所适从的迷茫……

第六部

抉　择

1

摸鱼儿·雁丘词

（金）元好问

问世间，情为何物，直教生死相许？

天南地北双飞客，老翅几回寒暑。

欢乐趣，离别苦，就中更有痴儿女。

君应有语；

渺万里层云，千山暮雪，只影向谁去？

横汾路，寂寞当年箫鼓，荒烟依旧平楚。

招魂楚些何嗟及，山鬼暗啼风雨。

天也妒，未信与，莺儿燕子俱黄土。

千秋万古，为留待骚人，狂歌痛饮，来访雁丘处。

因为母亲病危，流苏在上海停留了三四个月，好在老人家在医护人员精心护理和照料下情况有所好转，但还是不容乐观。流苏这几个月没能好好休息，整个人憔悴消瘦了一圈。她看着镜中的自己，突然发现眼角多了一些细纹，尽管不至于慌张但难免有些遗憾和失落，岁月就这样如此快速地流逝，人生还剩下些什么呢？该得到的都有了，接下去就是等着一样样失去或离开了。

她回到香港的时候正值五月雨季开始，不像上海的雨，虽绵绵不绝，但还算清爽，香港的雨是轰然倾斜而下，一下就是半天甚至一天，阴郁灰暗的天充斥着潮湿和闷热，让人难以忍受。流苏一进门就倒在客厅的沙发里，美琪则飞奔向自己的房间，快乐地唱歌，寻找自己的玩具。整个房间弥漫着一股死气沉沉的压抑感，让她透不过气来。这几个月在上海，汪以真为她母亲治病帮了不少忙，大到联系医院领导他曾经的战友提供关照，小到为她照看美琪和带她去玩，她由衷感到温馨和感激。相比柳原，永远都很忙的这个丈夫，倒是除了给钱其他什么都不会。

流苏要的是精神上的关爱，她宁愿回到以前吃苦耐劳的日子，但是两人相依为命，也不想继续目前这种不死不活、平淡无奇的生活。究竟该如何燃起曾经的热情呢？是否还有可能呢？她很惶恐，也没有好的主意。相比这些虚无缥缈的情感，她觉得不如花时间精力投入到学业深造和自我提升中去。男人，始终是靠不住的。

"我已经到家了，晚上早点回来，我做晚饭一起吃吧。"流苏打电话给柳原。

"我还在开会。好！我尽量早点回来，你们饿了先吃。晚上见！"

听到柳原熟悉而富有磁性的声音，流苏暂时忘了刚才的胡思乱想，连忙起身去厨房准备起来。一边切菜，她一边幻想着跟柳原在一起亲密的画面。虽然自己的老公未必每次都能让她达到高潮，但是她喜欢被柳原爱抚、亲吻和拥抱的感觉，这种感觉让她感到被爱和美好，没有其他任何一个男人可以给她。纵使汪以真强壮的身体和激情的拥吻，对她来说也只是生理上的感触，仿佛没多久就不记得了。女人更在意的永远是可以带给自己灵魂慰藉的男人。

她深知自己并不缺少吸引男人的某种东西。她是不论从外表，到情趣，到语言情商都可以在很短的时间吸引住男人的女人。这也是柳原明知她曾离婚依然痴迷于她的原因。流苏精心准备了色香味俱全的晚餐，有老公喜欢吃的番茄炒蛋、白灼基围虾，还有美琪喜欢的香油拌秋葵和西芹百合，加上她一下午煲的乌鸡花菇汤，桌面上顿时呈现出"家肴"的味道来。流苏点上了蜡烛，放了一曲常静的筝曲《蕉窗夜雨》，夜色降了下来，客厅里充满温情和谐。

柳原许久没见流苏了，这期间也正是他跟静涵频繁交往，缠绵恩爱的时光。他突然发现自己甚至已经很久没想起流苏了。他推开家门见到桌上摆满了菜肴，两杯红酒在烛光的映衬下发出赤红的暗光，流苏正坐在桌前看书，完全没有察觉他的到来。这一切熟悉而又美好，但是……

瞬间，他觉得有种内疚感涌上心头。

他走过去轻轻吻了一下她的额头："这么多菜啊，辛苦了，大厨。"

流苏惊得一下子跳了起来，望着他的眼睛说：

"柳原，妈妈暂时没事了，我很担心，你几时有空陪我回上海看看吧。"

柳原点点头，坐在对面拿起红酒杯敬了流苏，他们都感到这种一起吃饭的时光久违了。"流苏，我暂时没时间回上海，那边的业务都由徐经理帮忙在处理，我也放心了。下半年我可能要回英国一阵，有几个重要位置的职员辞职了，需要物色一些有能力又放心的人选任职。"

"我本来也不想管你的公事，但是我妈身体病了你也不闻不问，这算什么！上海的亲戚会有想法的，弄不好又要说三道四。再说了，我自己也没那么不孝，放着老娘不管老在香港待着。"

"谁不闻不问了，我不是给你了十万给妈治疗先用着么，后面如果需要的话我直接转给你好了。你管亲戚干吗，做好自己就行了。"

"你以为给了钱就一了百了了？尽孝不是光给钱你知道么？你自己没爹没妈，不用赡养。我可做不出只给钱不见人的事情。"

"哦哟，你有爹妈！你孝顺！你最好！"

他低头皱眉，眼睛没有再看她。每次跟流苏讨论家事基本都是以不欢而散收尾。实际上，他对静涵提出过带她去英国一段时间的设想，主要原因是他希望能去一个不认识他们的环境里恣意纵情一番，在香港毕竟约束太多。因此这半年他没打算回上海。

他匆匆吃完饭就上楼去了卧室，一倒在床上就感到筋疲力尽。大概是年纪大了，明年生日一过就五十岁了，再过几年都成老头了。好在还有静涵，把他拉回到青春的岁月、活力的年华。他又感到静涵是如此伟大而又美好。只是她的美好和流苏的美好两者充斥张力，相互排斥，如磁场的同极，非此即彼，无法兼容。

流苏感到刚才有点失言了，但话又收不回来，唯有通过其他行动去弥补了。她在浴室换上蕾丝性感紧身内衣，这套衣服是柳原婚后送给她的，但放了那么多年都没穿过，她一直认为一个好妻子、好女人穿这种衣服不太合适，因为她的意识里这种衣服都是那些不正经的女人穿的。

　　然而以真的激情仿佛令她敞开了心门，乐意试一下性感的装扮去吸引和挑逗男人。她的身体的线条在内衣的衬托下尽情展现，特别胸部的柔软微凸和隐隐乳沟的展现，白皙肉体和幼滑的背部因一根黑色的丝带增色而充满诱惑。下身的设计很特别，是用蕾丝花边勾勒出的蝴蝶丁字内裤，腰部也是单一线，私处位置则绣上了一只黑蝴蝶。这种设计的好处就是令女性摆出张腿姿势的时候，会呈现出蝴蝶展翅飞舞的景色，此时就会激起男人想进入蝴蝶身体的强烈欲望，更易达到如痴如醉的境界。

　　虽然结婚十几年了，她还是第一次身着如此性感的衣服走出浴室，为了制造情调，她还在内裤上洒了几滴CK香水，试图让他更舒适喜欢。她有点害羞地来到卧室，柳原依然躺在那里，领带都没解。她轻轻爬上去，帮他解开领带和扣子、又把他的头移到枕头上，脱去衬衣，她轻吻了他的额头，闻到一股淡淡的红酒味，她莞尔一笑。可是柳原仿佛没有睁开过眼睛，这个坏蛋怎么这么不解风情。

流苏把耳朵贴在他的肚子上，秀发柔顺地洒满柳原的身体，她想用温柔来唤醒他的激情。毕竟快四个月没在一起，难道他不想。就这样许久柳原依旧没动静，流苏坐起来看着他，怎么回事，哪有睡得这么死的，分明是在装睡！这么一想她有点气呼呼的，但又无可奈何。她想你睁开眼看看你妻子有多美丽动人啊！这戇度（上海话：傻瓜）怎么老睡觉呢！

她下定决心要勾起柳原的欲望来，于是她把手伸到他的内裤里，轻轻地温柔地按摩和抚摸，她看着他的脸，他终于被触动了一下……

柳原终于受不了下体强烈的刺激感，睁眼看到一个饱满丰腴的臀压在自己胸上，腰肢纤细，被一根丝带缠绕，展示出一具无比完美的女性胴体。加上流苏在他身上又舔又揉，他本不想做，但身体难以控制，让他不禁抚摸起她的腰部和屁股。流苏很高兴终于唤醒了这头假寐的雄狮，遂尽情进入令他激荡的区域，令他发出"啊、啊"的呻吟。而同时，她微微抬起臀部，让底下的蝴蝶进入柳原的视线。

"穿的那么性感干吗?"他一下起身把流苏翻倒压在床上。

流苏闭眼任他欣赏她身体的每一处，柳原低头探索着，突然他脑海里冒出一个念头，如果这是静涵该多好！他几次请求静涵大胆点放开点，但她始终总是矜持和推却，这反倒激起他的欲望，而且永远意犹未尽。

　　这念头不想还好，一想就完蛋。他猛地感到雄风受挫，兴致顿然无存。但他知道流苏想要，所以才如此精心打扮来讨好他。他抱起她，把她放在自己身上，眼睛却看着窗外说，我今天感觉有点不舒服，sorry，明天好么？

　　流苏有点难以置信，这是怎么了，从未有过的事情！是真不舒服，还是？带着扫兴，她从柳原身上下来，侧身拉过毯子盖上，她顿时觉得她的性感和诱惑都对牛弹琴去了。

　　柳原被她搞得睡意全无，一个人跑到阳台看夜景，听着浪涛声在歌唱，他把晚餐剩下的红酒全喝了，心情逐渐平静下来，但他怎么也抹不去静涵的身影，她做爱的表情，她紧紧抱着自己的那种体温和感动。回房的时候他有点半醉，看到流苏在旁边睡着的样子，一下掀开她身上的毛毯，看到裸露的性感的肉体。他的欲望重又升冉起来，他迅速把她的蝴蝶内裤迅速脱去扔在地上，流苏半睡半醒道，你发什么神经啊，不要啦。

　　他压住她，在她身上猛烈地发泄着。

然而那一刻，他朦胧中看到的竟然是静涵。他趴在流苏身上，脸深埋在枕头里，感到内心既矛盾又罪过。不过这种内疚很快随着高潮过后的倦意一起进入了梦乡……

2

定风波

（宋）苏　轼

莫听穿林打叶声，何妨吟啸且徐行。

竹杖芒鞋轻胜马，谁怕？

一蓑烟雨任平生。

料峭春风吹酒醒，微冷，

山头斜照却相迎。

回首向来萧瑟处，归去，

也无风雨也无晴。

随着研究的开展，静涵准备提交研究报告，以供相关部门参考。

很巧的是在政界颇有影响力的何宗贤与范柳原是多

年好友，两人早年一起在英国学习过，宗贤还算是柳原的师兄。得知洪静涵博士是范总的朋友，他不仅热情告知个人对香港政治的真实看法，介绍了不少政界的朋友、同事给静涵认识交流，还于周末特意在帝都酒店安排了晚餐宴请范总及其学界朋友。

静涵刚到酒店门口就远远看到柳原的车驶进旁边的停车场，隔着车窗她看到柳原穿了一套银灰色西装，侧面无比英俊儒雅，不禁微微一笑，萌发出一种仰慕和愉悦的情绪来。毕竟，自己是他的女人呵。一想到这个，她的脸颊就飞上两抹绯红，低头快步进入帝都。

一番寒暄之后，宗贤首先举杯一饮而尽：

"今天非常高兴，感谢我的老友和如此魅力和智慧的洪静涵小姐赏脸便饭，我跟柳原是死党兄弟，以后洪小姐有什么需要尽管找我。"

他说话的整个过程目光都没有离开过静涵，这让静涵有点羞涩，她转头看了一眼柳原，四目相对如激情流转，两人都很激动。静涵非常高兴柳原给她这么好的机会与香港朋友建立关系网络，于公于私对她都非常重要。加上宗贤如此真诚慷慨，她两杯红酒下肚之后也开始兴奋了。

"何先生，非常感谢你，下次来上海一定要告诉我哦。趁今天难得的机会，我想再请教一下你对当下出现的治理问题，比如市民对环保工程不满的关键原因是什么？如果从长远角度看，可持续发展要求对海洋和岛屿生态环境进行保护，政府能否用其他替代方案来推动经济发展和满足政策需要呢？"

何宗贤一边双手持着刀叉认真切着他盘子里的牛排，一边微笑看着柳原，"你的朋友果然厉害啊，对政治这么关心又这么了解，关键还那么漂亮，哈哈哈……"

如果静涵只是柳原的一般异性朋友，这种场合这些话语他见多不怪，可以说比这更开放调笑的都多得是。但是静涵不一样，那是他的 soulmate，当有另外一个异性如此评价他的女神的时候，他心里的感受和想法开始发生了变化。

"呃行了，我的女友哪个不漂亮了？是你少见多怪吧！来喝酒，今天我想跟你聊一下上次我们投资的那个高尔夫球场，廖律师也很有兴趣加盟进来……"柳原还没说完，静涵仿佛没有听到他的话，继续说道：

"何先生，我已经投入了很多时间精力希望能找到破解难题的办法，至少我们努力过，这个问题相当重要……"

柳原瞪了静涵一眼，觉得她怎么回事，自己已经宣布了今天不谈政治，还在不停追问！他的脸色有点难看了。

宗贤笑道："洪小姐，来日方长，像你这么聪慧犀利的靓女，这点问题你肯定可以搞定！来，喝酒！"

静涵对他的这种敷衍态度感到不满，于是也抿嘴笑笑，感激地看了宗贤一眼，试图得到他愿意未来继续提供信息的认可。在宗贤眼里，这位上海小姐特别迷人，让男性有 touch 的欲望，他于是也毫无顾忌地呈现出一种贪婪的色色的目光和眼神来。这一切当然都被柳原尽收眼底。

吃过饭柳原照例送静涵回家，停下车的时候他突然要求去静涵房间坐坐。静涵睁大眼睛，因为她不是不同意他进来，而是瞬间想到楼上的流苏，万一不巧遇到那还得了。但是她又不知道该如何拒绝他。柳原迅速已经上了楼，静涵快步跟上，抢着进入电梯按了 32 楼，她瞬间感到自己心跳得厉害，莫名一阵紧张。

她以为柳原今晚来访无非是为了跟她亲昵，因为根据常态推测，他在这样的夜晚酒足饭饱后总是欲望升腾。然而，这世界的事情总是事与愿违。他进门以后一直闷声坐在沙发上，看着手机一声不吭。静涵只顾自己更换衣服，半天才发现他一句话没说过。

"怎么了，累不累？要不要躺一会儿？"

柳原把她的手从他肩膀上移开："不用，不累。"

他从认识静涵以来从未有过这样的举动，静涵有点怔怔地不知所措。她突然像一个做错事的学生一样伫立在沙发旁等待老师的责骂和宣判。然而这个男人并没有对她开口说一句话，而是突然跑进房间，从静涵包里取出她的手机回到沙发上查看起来。

"你干什么？为何看我的电话？你要看什么？"她冲上去想抢回手机，然而柳原不断躲闪，一边快速翻看她的讯息。

"范柳原，你还给我！"她一下子用力把手甩过去，手机被打出十米多外，"砰"地一声撞到墙上又反弹到地上，屏幕碎了。

"你凭什么看我的隐私！我不允许任何人这样做！你的君子、风度、儒雅、谦和都是放屁！你走啊！"

柳原低头坐在沙发上，倏地站起来冲向门外，"砰"地一声重重甩上了门。

静涵在柳原走后一夜失眠，迷糊中她感到压抑的情绪让她窒息。她非常了解范柳原的强势性格，特别隐藏在表面玩世不恭和花天酒地的背后，是一颗无比独霸、唯我和进取的心。这对一个男人来说是非常重要的、有助于成就事业的性格和心态，但是往往这类人在爱情和两性关系中会展现出同样强势和拥有极强控制欲的一面。

她再三要求何宗贤谈政治问题已经令柳原不快，加上她在宴席上的太过健谈和吸引异性，在这个无比在乎她的男人眼里成了一种挑战甚至带有背叛意图的罪。但是她没法原谅柳原未经她同意就看她手机信息的行为，她一贯认为不论两人是什么关系，亲密到何种程度都必须尊重对方的隐私和私密，这是一种尊重！然而柳原挑战了她的底线。她决定现在开始不再联系柳原，提高效率完成调研赶紧回上海。

　　柳原也为自己对静涵的行为感到难以理解，首先他从未对任何一个女人包括流苏产生过如此强烈的醋意，而且明知静涵跟对方并无任何关系，更可怕的是这种醋意导致了他对对方行为的失控。其次，他自己也没法接受他为何会对静涵如此在乎，在乎到他自己都难以置信的地步！第三，他觉得他真的没法接受任何一个其他男人靠近静涵，别说占有，想都不要想！他不知这样的念头萌生以后怎么办。最重要的，静涵不是他的妻子，他有什么权利去干涉和管制她？

　　他一个人吃过午饭，颓然坐在办公室的旋转椅上，打开百叶窗看着在皇后大道上快速行驶的车辆，他很想跟静涵说话，但是觉得难以启齿，写了几次信息都删了，他缺乏勇气跟她道歉，但是又感受到内心燃烧的炽烈，这种矛盾纠结让他感到全身无力。他脑海里都是静涵，闭眼看到她在报告厅讲座的样子，睁眼又恍如站在眼前一丝不挂的样子，闭眼又是她在床上魅惑被占据的姿态，场景不断切换，竟然毫无违和感，他觉得他要疯了。

唉，僵局总要有人打破，他每天都紧张地等待静涵的联系，电话、短信或者电邮，然而一次次都落空了。算了，作为君子，男人总要大度一点，何况是我范柳原。何必跟自己的女人斤斤计较。

静涵正在与其他几个香港的党派人士访谈交流，突然收到柳原的信息。

"我不喜欢我爱的人是个万人迷，我只需要她为我默默盛开，不需要别人的欣赏，不需要别人的赞美，只给自己在乎的人欣赏和拥有就足够。原谅我的鲁莽和侵犯，我喜欢你不是因为别人都喜欢你，而是因为你是我的，永远！"

静涵看着屏幕的文字，突然内心没有了以往的激动和波澜，柳原的话让她明白这个男人是真爱她的，然而很有可能她承受不起这份爱。

夜里，她洗完澡，全身细致地用精油擦拭按摩了一遍。开了瓶美国加州精酿的 Sierra Nevada Torpedo，沁人心脾的花香和苦味让她头脑清醒。她开了一点音乐，点燃了一支藏香，那是柳原出差回来送给她的礼物，她喜欢一切幽香、淡苦又让人微醉的东西，比如咖啡、酒和茶。香港的五月潮湿而闷热，加上突如其来的倾盆大雨，经常让人措手不及和情绪压抑。唯有这些"奢侈品"的美好可以让生活和精神得到放松和愉悦。

静涵躺在椅子里又看了一遍柳原的话，她始终没有回复他，不是因为她不知道说什么，而是她开始不断地质疑这段关系的必要性。与其让她接受一个过度在意她的男人，不如跟一个平淡如水的男人长相厮守，比如李清义。这也是为何她明知婚姻有问题但从不抱怨和选择离婚的原因，他是一个超级理性的男人。突然间，她开始同情起流苏来，作为范柳原的太太，享受荣华富贵和拥有极高的社会地位，然而实际上呢？老公不断背叛她爱着别的女人，就算不爱身体也不会专一于她。而她自己，一事无成，外表好看华贵又有什么用？

女人必须有自己的事业和独立性！不能依靠任何一个男人，把一生作为赌注押在男人身上的女人是最愚蠢的女人。她自觉比流苏的聪明是更高一层的，至少她有自己的事业和目标。范柳原，也不过是她生命和事业中的一个很小的部分。她想起当代作家冯唐在小说《万物生长》中的一句话："我要用尽我的万种风情，让你在将来任何不和我在一起的时候，内心无法安宁。"是啊，在这场爱情的战争中，不论结局如何，我静涵都不会输！

　　她摇晃着瓶中的啤酒，深吸一口气让酒香进入自己的身体，芬芳和思绪的混合让她感到疲惫和困顿。人生中每一次情感的付出都没有好结果，她曾经不敢奢望柳原会真爱他，但是后来她放开胆子尝试，如今又感到失望。或者说不再抱希望。因为她觉得累。

　　耳边《镜中镜》（*Spiegd im Spiegd*）的乐曲不断简单地反复与堆栈，人生也一样。寂寞终究是生命的本质。静涵觉得，在这个世界上唯一可以信赖和依靠的，只有她自己。因为她已经过了她认为很多女性会经历的"少女自虐期"，这个时期女人总是一面冷眼看着自己被一个不值得的人百般折磨，一面却在痛苦中向他流泪谄笑，细细寻味着这酷刑中哪怕一丝的爱意，卑微欢喜得像个奴才。

3

临江仙·夜登小阁忆洛中旧游

（宋）陈与义

忆昔午桥桥上饮，坐中多是豪英。

长沟流月去无声。

杏花疏影里，吹笛到天明。

二十余年如一梦，此身虽在堪惊。

闲登小阁看新晴。

古今多少事，渔唱起三更。

  柳原发出信息之后几日，没有收到静涵的回复，一开始他还紧张焦虑不断等待期待着她的音讯。很快繁忙的工作、会议、应酬，加上有 Amy 在他身边，对他关心有加，他的脑海很快被其他人和事所填满。他几乎每天晚上回家十点后才回家，流苏和美琪都已经睡了。他一个人空坐在硕大的客厅里，不想开灯，在黑暗中感到一阵疲惫和空虚，仿佛整个肉体中的力量被抽空，他需要烈酒的帮助。突然手机响了，他懒得看，只想让灼热的酒燃烧一下空虚的内心。

但是他瞥见了屏幕上闪过的"洪静涵"三个字，顿时头脑清醒，飞身坐起来看她的信息。

"我很快离开香港，这几个月你带给了我生命中永远难以忘却的记忆，一度让我以为你是如此的不真实，就像 Marguerite Duras 的情人——李云泰：富有、儒雅、强势但又让人难以亲近。我以为这一生我不会再爱上任何一个男人，但是现实让我明白我错了。那夜，在我心灵中的印刻永不磨灭。不管未来如何，我将永远铭记。愿你幸福，快乐！静涵。"

他怔怔地看着静涵的话，半晌才想到拨回电话给她，但是"嘟……嘟……嘟……"始终没人接。他感觉整个人瞬间随着静涵要飞离香港。她要去哪里？回上海？一定是回上海！

一夜柳原昏睡在沙发上，早上六点流苏下楼看到他依然没醒，不禁哼了一声。她已经不去猜想他晚上在做什么，近期在忙什么，因为她也觉得累。关心和爱一个人虽然会让人内心充满激情和盼望，但是也会让一个人无比疲倦，因为在乎是需要付出巨大气力的，而且最重要的是值得。

刚想从他身边走过，她看到柳原的手机有电话进来，但是被他调成了静音。她下意识地从沙发上拿起电话，对方已经挂断了。她刚想看看是哪位打来的，一会儿柳原醒了让他回过去。不经意间，她看到了静涵的短信，整个的人瞬间好像被雷电击中一样。看到柳原就在旁边睡觉，担心他突然醒来。她又迅速看了一眼手机，赶紧把它放回到沙发原位，马上冲进了厨房。

流苏感到有点不知所措，内心极其压抑，又有被羞辱的感觉。这并非因为又有其他女人跟她的丈夫关系暧昧不清，而是从字里行间她可以感受到这个女人跟柳原之间已经不是一般的风花雪月，而是有心灵共鸣的那种精神情愫。这让她感到无比惶恐。她早已感知到柳原的花心和难以专一，这是她在婚前就非常清楚明白的事情，只是她一直认为除了自己，柳原对其他女人无非都是逢场作戏，玩过就算。他们可是经历了生死走到一起的啊！

但这次，第六感告诉她并非如此。她不担心其他女人危及她的婚姻，因为毕竟她有美琪，而且她不相信柳原敢提出离婚，因为对他而言成本已经太高。带给她重创的是对自信的严重打击。白流苏，作为一个雍容华贵和有一定知名度的范太太，无疑可能败在或者已经败在另一个女人手里。

一想到这个，她突然感觉自己好像老了十岁。青春不再，魅力不再，她不知道如何恢复她跟柳原之间的感情，如何让自己重拾昔日的光辉和性感魅力！她感到头晕目眩的不适，跌坐在厨房的凳子上，不知道该怎么办。

她决心保守这个秘密，一来因她自认为私下看柳原的手机信息不妥，侵犯他的隐私，甚至可能会引发他的反感甚至怒气；二来她从信息内容看这个女人也是打算分手的意思，既如此，何必打草惊蛇，令自己陷入被动。不过，"洪静涵"三个字已经深深地印入她的头脑，她很想了解和看一下她是一个怎样的女人？因为她有足够自信，柳原对一般女人绝不可能动真情。而她历来也自认为不是一般的女人，从外表到内在她都具有极大的魅力和吸引力。而且尽管她不工作，但是对人情世故的把握和人际关系的处理绝对不亚于深谙世事的女强人。柳原每每遇到公司业务上的难题也会回家说给流苏听，流苏不仅是最好的听众还是背后诸葛亮，她的主意时常既惊喜又有效，赢得柳原的赞赏和佩服。

时节入秋，柳原答应流苏今年中秋回上海过，因流苏吵着要跟宝络家团聚，特别想看看两个小侄女，更重要的是他趁机可以回去找静涵。她的不辞而别始终让柳原感到心里不踏实，因为在他心里，静涵是他的女人，她的第一次给了他！男人对女性的爱不排除有很大程度是精神层面的，特别对有点社会地位和声望的男人来说，但生理的影响依然不可能排除，毕竟人也是动物！得到对方第一次的经历会让男性在心里拥有一种成就感，以及对对方十二分的占有感，攻城略地后的雄风盎然更激发了对女性的疼爱和怜惜。

"回上海过节是个好主意，"他一边吃饭一边说，"好多年没在上海过中秋了，香港的双黄月饼我都吃腻了，想吃城隍庙的苏式月饼，特别海苔那个，哎呀真是回味无穷，清爽好吃。"

流苏在厨房瞥了他一眼，不禁哼了一声。"随你是啥月饼，陪我去宝络家，带点礼物给她两个女儿，你就这么两个侄女哦。顺便让美琪跟她们一起玩，亲戚间应该多走动，我也就跟宝络亲近了……"

她一边低头洗碗，突然一个念头萌生在脑海。柳原很可能趁这个机会想去约会那个女人吧，不如我也约她出来，大家当面交流下。她并无意讽刺或挖苦静涵，而是强烈的好奇心驱使，并希望感受下她的真实想法。她想用真诚的态度去接触一下这个婚外的女人。

她偷偷从柳原手机联络人里找到了洪静涵的电话，

到了上海就给她发了一条信息，表达了希望约她在秋高气爽的午后在外滩和平饭店的顶楼咖啡厅见面的意愿。她发的时候也感到无比紧张和局促，料想对方是不会回复的。当静涵收到流苏信息的时候也是非常震惊，如同晴空霹雳般呆住了。本已平静淡然的生活突然被没有预料到的人掷入一块石头，她的内心激起千层浪。

　　她不知道流苏找她的用意何在，但从信息内容来看语气非常善良，当然也有可能她并不知道自己跟柳原之间的关系，而仅仅就是想与丈夫的朋友谈心，讨教一些学术问题。但直觉告诉她事情并没有那么简单，女人的第六感都是很准的。她本来心里就已经不想再跟柳原保持这种不明不白的关系了，反复思考了几天后，终于回复了流苏答应她见面。这件事她也没告诉柳原，仿佛他们之间已经变得很生分，横亘着一条巨大的鸿沟。此外，她对柳原的妻子一直怀有极大的好奇，自从在澳门酒宴上相遇，她深感流苏气质的雅致淑女，到在名城住处楼上见到她那一刻的极度诧异，最后在她家看到她照片时的无比羡慕和无奈，她感到自己有一种强烈的情感和冲动想与柳原妻子面对面说说话。原来女人之间除了嫉妒还可以对彼此都充满无限的好奇，因为毕竟，她们心知肚明，共享了同一个男人。

　　坐落在上海外滩旁的和平饭店历史悠久，建造于

1929 年，原名华懋饭店。哥特式的建筑屹立在黄浦江边，一度是远东第一楼，无数富豪政要曾经光顾。到如今依然保持无尽的豪华典雅，在此居住或用膳的客人仿佛置身于时空隧道，穿越到民国，现代与传统、新潮与复古，让人在交错中浮想联翩。

静涵已经许久没到外滩附近了，长期忙于学术和教学令她感到无限疲惫。加上跟柳原之间的情感纠葛也让她无比烦心，不知道该如何理清或结束这段关系。黄浦江依旧人流如梭，蓝天白云下，江上灯火点点，还有那些永远飞翔的鸟儿们。她不知道在和平饭店里等待她的流苏会说些什么，她打算被动应对，保持礼貌和友好，如果流苏有一点质疑或批判她的倾向，她决意立刻离开，绝不与其争执。

她穿了一套棉质淡灰色素雅的旗袍，因为她想起在澳门宴会上流苏的打扮，她要让流苏看到比她更年轻和具有学者气质的自己也不逊色。配上黑珍珠耳环和镶着宝蓝色水晶的蝴蝶胸针，静涵让人感觉只有二十刚出头的样子，清纯无比，气若幽兰。她穿过和平饭店的旋转门，在酒店侍应的带领下进入电梯，来到位于顶层的大厅。她还是第一次进入这个让无数人幻想的著名餐厅，远远地，她看到流苏一个人坐在靠窗的位置，看着远处的外滩。她身着淡绿色衬衣，如花朵般的领子衬托出她的典雅和淑女，她带着一顶白色的欧式帽子，拿着茶杯的左手上硕大的钻石戒指散发着耀眼的光芒。静涵看到这戒指，莫名地，感到一阵压抑和低落。

"范太太，您好，我是洪静涵。"她点头微笑，向流苏致意。

流苏倏地站起来，目不转睛地看着静涵：

"洪小姐你好，很高兴你今天乐意来这里跟我见面，请坐！"她主动伸出手，静涵礼貌性地轻轻握了一下，以示敬意。

她们彼此都可以感受到对方的言语行动的局促和不自然，更明显地体验到自己心跳"砰砰砰"撞击的不安。

"不知道洪小姐是否喜欢和平饭店的下午茶？主要这里风景比较好，人也少，相对其他地方比较清静，我累的时候经常来这里坐坐，喝杯茶俯瞰外滩，回忆以前的时光。"流苏轻言道，眼睛看着杯中的咖啡，仿佛在思索什么。

静涵被对面的女人深深吸引，她发自内心喜欢流苏的外貌打扮和气质，如果她是一个男人，她也会喜欢她的。尤其年近五十，丝毫看不出中年的味道，不说话以为对方是三十多的少妇，雍容华贵又不带一丝庸俗。

"叫我静涵吧，很感谢你今天邀请我来这里，我还是第一次来和平饭店，以前一直没机会。我们教书的整天就是埋在书堆里，要不就是在外调研访谈，太缺乏品味美的时间和情调了。"静涵微笑地说着。

流苏也觉得静涵很特别，尤其充满了一般女性没有的知性美，有一种从书香里走出来的味道，清新脱俗。她挺羡慕这样有一份属于自己的大学教职的女人，毕竟她很独立，可以不依靠男人，自己闯天下。

别人的总是好的，得不到的总是让人艳羡，盼望着的永远在骚动……

"我想跟你道歉。"流苏看着她。

静涵瞪大眼睛有点不敢置信，"为什么？这从何说起？"

"我一直认为，男人出轨主要不是因为对方，而是因为自己的女人有问题……"

静涵刚恢复平静的心瞬间又提到嗓子眼。

流苏已经感知到她神情的变化，帮她要了一杯茶，因静涵坚持喝茶不要咖啡，转头微笑地说道：

"我自认为不够了解男人的心理，但这么多年混下来，经历了感情和婚姻的波折，多少也是明白些的。我知道男人不光喜欢女人外表漂亮，那只是很肤浅和表面的，要天长日久地喜欢，更重要的是女人由内而外的能力和内涵，一个高度独立自主又外表迷人的女人才是天下无敌。"

"我之所以想见你是因为一个要道歉，另一个要感谢你让我更明白应该如何成为一个更好的女人，一个更吸引人的妻子。我没有任何意思要为难你，洪小姐，所以请千万别介意，如果你有什么想法也不妨直接告知，沟通有助于解决问题，不是么?"

然而静涵面对柳原的妻子仿佛思绪停止，或者说她无法对这样一个女人去谈对柳原的感受或其他想法，她觉得自己语塞，因为是她介入他们的婚姻家庭，现在第一个道歉却是流苏自己!

这一点不仅让静涵无比惊异，也让她非常佩服流苏的气度和胸襟，一般的女人见到"小三"早就打骂不及了，或者根本不想见"小三"，而流苏的做法高人一等。也许，她是想用自责和情感让对方反思，从而达到更高妙的劝退效果?

这个女人果然不一般!

静涵怔怔地看着窗外，黄浦江和外滩的美景突然在她眼前变成一片灰暗，什么都没有，只有暗淡的朦胧的光。她觉得自己头脑有点发晕。

"不好意思范太太，谢谢你告诉我这些，我也很抱歉给你造成的困扰。不过你放心，以后不会了，肯定!我后面学校还有些事务要处理，我得赶过去，失陪了!"

她站起身，对流苏鞠了一躬，头也不回地冲出咖啡厅，奔向底楼的大堂。她几乎带着小跑穿过古典的Mirror corridor，一段不长但幽静古典的小道，在这个moment，她们的爱恨情仇开始逐渐冰消雪融、直到土崩瓦解。

　　她离开和平饭店的时候，流苏在和平饭店顶楼举着杯子，俯视着外滩流动的车辆和人流，淡淡一笑，转头也拎上手袋，漫步下楼。司机已经在酒店门口等她，她转身看了一眼这座古老华贵的建筑，钻进车消失在茫茫人海中。

4

国风·邶风·击鼓

（先秦）佚　名

击鼓其镗，踊跃用兵。土国城漕，我独南行。

从孙子仲，平陈与宋。不我以归，忧心有忡。

爰居爰处？爰丧其马？于以求之？于林之下。

死生契阔，与子成说。执子之手，与子偕老。

于嗟阔兮，不我活兮。于嗟洵兮，不我信兮。

洪静涵结束了马来西亚的国际会议准备去北京调研一个小区的物业纠纷问题，她于是买了 MH370 航班的机票。最重要的原因，她不想见柳原，尽管后者不断给她发信希望在香港碰面。正巧当地一个教授朋友介绍，让她参与一个小型研讨会，顺带陪同参访马来的本地社区。静涵感到盛情难却，外加机会难得，决定改了航班，延迟飞回北京。

晚餐后，她坐在酒店餐厅的阳台上看着南国的热带风光和碧蓝的泳池，孩子们在水中嬉戏。但她内心却空空如也，失落感经常莫名充斥心头。她离开柳原的念头越来越强，但是往事点点滴滴又会浮上心头，尤其是他对她热烈、真挚的爱，他们的身体和灵魂融合在一起的moments，让她感到落泪和感动。这两种欲望不断交织和冲击，让她心力交瘁。而一想到流苏，她更觉得不能再让自己处于痛苦之中。《庄子·大宗师》中说："泉涸，鱼相与处于陆，相呴以湿，相濡以沫，不如相忘于江湖。"若是缺乏足够相爱的感觉或缘分，与其两人束缚在一起，不如就让彼此回到最自然的状态。

他们都已经回不去了，时间是不能重来的，对于自己所爱的人也已经没有能力再去选择一次了。

静涵换上泳衣，一头扎进泳池，沉入水的深处，任由水的浮力将她托起，她感到彻骨的清凉和决心已定后的轻松。爱一个人不必长相厮守，更不是要自私地将他占为己有，也许分离是保留柳原对她今生真爱的最好方式。

爱与体贴是密不可分的。当我们爱一个人，经常会忽略对方的感受而更注重自己想给对方什么，但真正的爱应考虑对方想要什么，有可能对方想要的完全不是自己所想，当对方真正需要的并不是自己想给的，我们有没有足够的勇气，因为爱他，就给他自由去做他想做的。洪静涵有勇气，以退为进，给柳原、给流苏、给自己一个空间可以自由选择和放下。

柳原返回公司的时候，忙于开会和处理公文，直到傍晚接到流苏催他回家吃饭的电话，才匆匆整理了桌上的信带回家去看。回到家他打开电视，躺在沙发上，心中念起好久没见到静涵了。漫无目的间，突然在一堆信件中看到一枚非常特别的淡紫色的信封，上面写着：柳原敬启。突然他直觉这是静涵给他的，他连忙打开，果然！但是文字间充满哀婉和悲伤，让他看罢不禁落泪。

"柳原，当你看到这封信的时候，我已经离开了吉隆坡。我在这里的一个月，参与了国际学术会议，调研了东南亚的社区治理，收获非常大。我很喜欢热带国家的温度，热情和饮食。

"许久没再见你，我想也许我们以后都不要再见了。请你不要怨我，人生此起彼伏，重要的是经历的过程而不是结果，不是么？我们有过灵魂的交融，爱的合一，你让我体验到最珍贵的感情和感受，也品尝了最痛苦的分离和不舍，也许比起很多人我已经非常幸运了。

"你让我我深刻懂得和体悟到了什么是爱，被爱和爱一个人是怎样的感觉，如此便无憾了！我此生都不会忘却你的，因为你将永远住在我心底，你的笑容就是我的家。

我在一场梦里苏醒，

梦境暮色无边，

我在你的温度里苏醒，

哪怕只是一瞬间，

漫漫长夜，

春色流年，

纵然千里，

梦中一线牵。

"谢谢你，柳原，愿你幸福快乐。你的，洪静涵"

柳原看罢，难以接受这样的事实！他从心底里一阵阵呼唤："No，No，No，不要这样走，不要离开我！"突然他听到电视新闻里传来的消息：

"今日凌晨，一架飞往北京的马航 MH370 航班在起飞后与地面失去联系，机上共有 227 名乘客，12 名机组人员，其中 154 名中国人……"

柳原瞬间怔住了，他站起来呆滞地看着屏幕，不敢相信这个事实！静涵的信也如鸿毛般飘落，流苏过来捡起地上的信，她也没法相信这样的事实。柳原突然紧紧抱住流苏，此刻她感到他的拥抱是那么紧那么紧，但她知道这拥抱的意义，蕴含的并不是对她的爱，而是他对静涵的不舍和悲痛。流苏闭上眼睛，她很哀痛悲伤静涵的境遇，她不知道该说什么，但至少一切都结束了。

柳原接受静涵飞机失事这个事实。他为此第二天让徐经理帮他买了回上海的机票。他冲到复旦去寻找静涵，试图可以证明失事的飞机不是静涵那班。她依然好好的，平安回到了上海。可惜，静涵的同事非常抱歉地告诉柳原，她搭乘的就是 MH370 航班，他们都非常遗憾和难过。

确定静涵搭乘失事班机之后，柳原一度低沉消极，公事都交给徐先生和其他几个经理处理，整日不出房门封闭自己。流苏很担心这样对他身体不利，更担心他情绪困扰出事。但实际上，她比柳原更难受，更无奈于这样的结果。静涵出事竟然成了她名正言顺应该被她老公去悼念和追思的理由。突然，她萌生出一种强烈的欲望，她要离开香港。

她轻轻走进柳原房间，给他泡了台湾的冻顶乌龙茶。

"柳原，生活总要继续下去的，很多事情我们无力改变，唯有面对！我和美琪都很爱你！我想，不如我们离开香港去英国吧?"

晚霞透过窗户射进房间,墙上斑影点点。

柳原握住流苏的手,抬头望着她的美丽的眼睛。他点点头,答应了这个安排。他们相拥来到阳台上,举目向海,远眺船只依旧和世事沧桑。

阴差阳错的是,当静涵看到原定飞往北京的航班意外失踪时,倒吸了一口冷气,目瞪口呆间为失事的乘客哀叹。她默默感恩上苍的安排,瞬间,她想起了自己寄给柳原的信。

柳原肯定以为自己已经死了啊!

一个念头突发奇想,不如就"死了"吧!从此断绝与他的一切联系和往来,就当自己随着马航而远去。

作出这个决定之后,静涵突然感受到很久以来从未有过的释怀和放下,但是很快她又觉得遗憾和不舍。柳原对她多年来的爱,是任何一个男人没法给予的。不管如何,他们曾经彼此融合在一起,她曾经是他的"女人",她依然伤感、情不自禁地落泪。

一周后,静涵从北京回到上海,庆幸于自己的"重生",全身心投入学校的教学生活。傍晚,回到家里,关上门才发觉自己全身麻木得没有知觉。静涵瘫坐在地板上,看到墙边柜子里的红酒,几乎是爬着过去拿到,按掉瓶塞,她的心和情感都在那红色浓稠的液体里颠簸着，仿佛看到马航破碎的飞机残骸在大海里漂浮。

她猛喝下去一口红酒，瞬间感到一阵反胃。不知道是酒太烈还是她被呛到了，她剧烈地咳嗽，眼角流下了几行泪。她冲进浴室痛痛快快洗了个澡，然后赤身裸体，倒在床上横躺着。也不知道睡了多久，她打开电脑正准备写作的时候，蓦然间，她看到 Email 信箱里出现了 Lawrence Fan 的名字。她的心顿时猛跳起来。

点开邮件，是一首诗：

我给你我写的书中所包含的一切悟力、
　我生活中所能有的男子气概或幽默。
我给你一个从未有过信仰的人的忠诚。
我给你我设法保全的我自己的核心——
不营字造句，不和梦想交易，不被时间、
　欢乐和逆境触动的核心。
我给你，早在你出生前多年的一个傍晚，
　看到的一朵黄玫瑰的记忆。
我给你你对自己的解释，关于你自己的理论，
　你自己的真实而惊人的消息。
我给你我的寂寞、我的黑暗、我心的饥渴；
　我试图用困惑、危险、失败来打动你。

她知道这是阿根廷作家 Jorges Luis Borges 的诗句，是字里行间她直觉感受到柳原的悲伤、落寞和不舍。真爱的人始终是不可能在一起的，自古如此！

　　她发现自己的眼睛莫名湿润了，黄昏的房间里微光笼罩，手机屏幕上显示着李清义的来电。她不想接听，她觉得心烦意乱，抓起手机扔到对面沙发上。屋里回荡着凄婉、哀怨的古筝曲，低沉回转、清灵摇曳。

　　一切就此结束，但也许永远也无法结束。

后记： 对话爱玲

爱玲女士（1920—1995），按说你是我祖母辈的人了，但在我心里你就是一直陪伴我的姐姐，如此亲近和私密，时间空间都不能阻隔我们。如果你还在世，我是必定要去拜访你的；而实际上，即便你已经不在了，我也多次去探寻你的踪迹，你过去的公寓以及你走过的路。但每一次的尝试最后都以失落和无奈收场，也许有些人有些事始终是适合放在心里的，不必去探寻过多，放在心里就是最好的纪念。

我们之间有很多共同的经历、思想以及命运。所以时不时我会生出是你生命延续的感慨，只是我承认我已经比你幸运得太多。我没有经历战争年代就是最好的命运安排，没有如你悲凉甚至恐慌的童年，以及不近人情的父亲和留洋远离的母亲。虽然我出生的 80 年代尚未富裕，那时候你应该已经在美国了吧，但我的童年是充满爱和欢乐的，由此也造就了我后期健全的人格和乐观的心态。父母教育的方式就是在不富裕中尽可能给我满足感，而这些满足感的限度都是合情合理的，对于我的过分要求他们一概不理，或者让我自己设法完成。我若无能力达到就作罢。因此，也形成了我从小独立、不依赖他人以及天生认为有志者事竟成，没有什么事做不到的，只有是否尽力的执着信念！1995年你离开人世，可惜那时我尚属年幼，正读小学六年级。你因为战争的关系辗转于上海和香港之间，而我则是因为求学以及后续的工作，及至因婚姻和家庭的关系离开了居住十年的香港。回眸在香港的岁月，似乎除了念书、念书、念书，已经没有多少其他存留在脑海中的回忆了，这也许是悲哀，仅存的感情经历也是昙花一现般消逝的。但若非如此，也许难以成就现在的我。因此我对过往的艰苦和苍白是深深感恩的，更感恩让我经历如此艰苦和苍白的人和事，一切的安排都是最好的，一切都没有太晚，一切都是刚刚好！我在这十年中也慢慢学会接纳我没法接纳的，学会放弃我很想得到的，于是，成熟，懂得，慈悲，宽容。

我之所以说比你幸运，是因为我有幸在梦想的复旦大学求学、毕业，继而去香港中文大学深造。当时我放弃了美国的机会，毅然选择香港。也许这就是缘分吧，如果真去了美国，生活和命运又是另一番景象了。但我不会后悔，因为一切都是值得的。初去香港没想过读博士，只为完成两年的硕士；谁知一年之后基于成绩和表现，拿到了直接攻读博士的机会。回想起来，那一刻我有多清楚博士的意义？有多考虑未来的发展方向？真的是一点都没有！比起我现在的学生，我那时候是多么多么的无知和幼稚！然而就在这种无知幼稚下竟然也成就了一个博士，我知道是怎样的一种动力在鞭策我和激励我！虽然你没有硕士、博士学位，但在文坛上的造诣和影响力，岂是硕士、博士乃至教授能比?! 你所成就的作品和影响力真正是让人敬仰和欣赏的！而如今的我，虽然依旧没啥成就，不过扪心自问，对文学的真爱和对人世的思量，是比学术更深入我心。因为我不想没有思想地白活这一世，就如你所说，因为经历所以懂得，从经历到懂得是需要反省和思考的，否则经历了也依然不会懂得。

但我并非不热爱学术，这种热爱在一次次成功中锱铢积累起来，但学术相比文学，是更为辛苦和耗费心血的。特别博士阶段在理论上的探求和突破经常让人发狂，以至于重病缠身也不在少数。但所幸终于熬过去了，继而也能慢慢在学术期刊上发表论文。那时候诚惶

206

诚恳，只能不断读和看小说来解闷，但真的没有时间精力来投入写作，因此这个梦想一直在那里，直到此书出版才得以实现。我内心是很感恩和激动的！

　　爱玲，我最爱你的《红玫瑰与白玫瑰》，还有《倾城之恋》，究其原因，这两部小说深刻揭露了婚姻的弊病和人世的无奈，以及男人、女人、恋人、夫妻之间的真实心态。我更佩服你的就是你不曾经历婚姻就可以写出如此巨作，实在是让人瞠目。也许这就是所谓的天才了！我没有这种天分，唯有在经历、感悟和反思中有所领悟，因此我写的也都是我的亲身经历和感悟。你的小说不断给我一种灵性的启发，让我知道生命中的男男女女到底在追求什么，我活着在追求什么，除了工作、事业、家庭，对我来说最重要的就是真爱！也许有些人并不太在意真爱，甚至他们没法体悟到什么是真爱，我想就是因为没有找到 soulmate 的缘故。提及此，我必须在这里表达一下我对你婚姻的看法。我最爱最爱的爱玲，让我最悲伤的，就是你选择嫁给了胡兰成。如果我是你，我是无论如何也不会跟他结婚的。但婚姻是缘分，无缘的走不到一起，但你们走到一起最后还是悲剧收场。虽然我一点都不怪兰成，因他全然坦诚自己的卑劣和不可理喻，不带一丝伪装。但是于你，太多人不忍心看到一个自此枯萎的你。特别是生命里的心灰意冷。

这点上我又是比你幸运的，我有家庭，有孩子，但是我可以真实感受到你对小孩的畏惧，所以反过来说，也许我的经历在你眼里是更为恐怖的经历。而我坦诚地说，世界上的事情，都不完美，只是看个人的追求，得到的同时总有重担和压力存在。从天使到魔鬼，也经常只是一念之间。但至少，我感到孩子可以让我的生活自此不会再孤单和寂寞。她是我生命的依托，但她又是独立存在的个体，我不会把我的意愿强加给她。我曾经花了很多时间去接受这个事实的存在，到如今依然会时不时恍如梦境，这个个体的存在是经过我的血液和生命，维系在一起的，因此这是爱和责任！我大胆地猜测，如果兰成没有亏欠于你，如果你们有了孩子，你应该是满心欢喜且深爱着他的吧！

我知道你从小已经在文学上显露光芒，《迟暮》这样的作品任谁都无法相信是出自十三岁女孩之手。而这点我与你又有惊人的相通之处。很小的时候开始，我确定不是林黛玉的哀怨怜惜，我对世间的美好总是存在一种危机感和不抱希望，感到这些美好会转瞬即逝，很难得到，也不会停留，而得到和留下的都是无尽的苍凉和寂寞。"灯光绿黯黯的，更显出夜半的苍凉。在暗室的一隅，发出一声声凄切凝重的磬声，和着轻轻的喃喃的模模糊糊的诵经声"，你笔下的场景也许就是我的真实体悟，让我真正明白寂寞是生命的本质。而我们都在很早很早的时候就直觉般地懂得了。也许这就是灵感和直觉，是不经历也可以懂得的。我在 2005 年的冬天，对研究社会矛盾冲突和怎样实现一个和谐社会产生了思考。当时的想法好像只是基于一些简单资料的翻阅和走在路上的灵感，然而这个灵感就此决定了我一生的研究方向。而且我越来越坚定地投入这个领域的研究，因为这个世界和人真的是充满矛盾的呀！我们的些许努力，我知道都无助于改变什么，也不可能改变什么，但至少可以让人更清楚我们行为的意义。也许这就是社会科学的贡献吧，但说实话，对我来说，有时候还不如文学的震撼来得更大！

我看《围城》被触动的与其说是钱锺书先生对人生爱情婚姻的准确拿捏和深刻剖析，看透人心，不如说是对他写作过程的钦佩和羡慕。之所以说羡慕，是因为他在"锱铢积累"写作期间得由爱人陪伴左右；更为有幸的，是爱人的文采、深度、阅历和对人世的洞察可以说与他不相上下，由此不仅可以成为他的第一个读者，还可以成为他的助理甚至协助他修改定稿。作为一个文学爱好者，并且可以自己成为作者去记录和叙述故事，这是人生很大的幸运。虽然写作总是辛苦的，但自得其乐。这几年每每看到有情侣、夫妻档共同发表论文和出版书籍，说实话，我内心会很感动。我不羡慕任何人，因为每个人背后都有别人看不到的难处，但我真心感动。多少次幻想和期望有一天可以与杨绛女士一样，每天回家，看到心爱的人在书房写作。茶余饭后，坐下来靠着他，或者坐在他的身上，静静品味他的文字，他的思想和他的温度。"我笑，他也笑；我大笑，他也大笑"，经历和拥有如此情景，此生已然无憾。然而，我始终相信命的。你我都没有这样的命做这样的事，拥有如斯男人。你选择的兰成辜负了你，这世间有多少男人能真正成全女子的呢？只是方式不同而已，最后都是伤、伤、伤。我们都不必责怪男人，怪只怪自己用情太深，做不到不care，因此也都是自作自受。现实的生活让我清醒，全世界作家能与爱人共同创作的能有几何？离婚的夫妻倒是大把。所以我不奢望，更沉静于独自寂寥但清静的日子里，记录我的所思所想，在半个世纪之后延续你《倾城之恋》的故事。这于我而言，已经是莫大的幸福了！

现实没有可以如钟锺书夫人那样的伴侣每晚来阅读我的文字，因此在写作这本书的时候，我曾不间断地将部分片段与我的亲友分享过。一来希望得到他们的意见，以便进一步修改和改进文字和情节，二来想看看能否与小众群体产生某种程度的共鸣，以此来设计后续的部分。而由于我的分享，就有朋友不断猜测书中人物和情节与现实情况的对应。我一直认为，自古以来中外任何一个作家，其笔下所写不管是什么主题什么背景，都必然与其个人的成长经历、思想感情和时代背景紧密相连。没有人可以脱离时代和经验去进行想象。我这里所说的想象，仅限于现实主义的纪实想象，而不是天马行空的超验想象。我不否认写作一定是需要想象的，但想象是基于个人经验的，否则就如无源之水。但要写好一部小说，更需要超越个人经验的想象。杨绛女士说得很对，创作的过程就跟发酵酿酒一样，品尝的是酒，其来源却是麦子或葡萄。我个人喜欢写实的小说和电影，更确切地说是一种浪漫的纪实，因为这种作品可以令作者在别人的故事中流自己的泪，在自己创造的故事里满足情感和精神的缺失；而对读者来说，更容易产生心灵的共鸣和高度的精神认同。这种力量越强烈，作品就越深入人心。

　　这部小说出版之前陆续在时下热门的微信公众号"民国文艺"中发布和载出过，在此也感谢丁捷先生（小文编辑）的支持。有不少读者朋友不断揣测谁是流苏，谁是柳原，谁是洪静涵，谁是谁的谁，我是谁！的确，对于读者而言，当他们对一本小说发生兴趣的时候，不可避免会对作者本人也发生兴趣。而如果内容涉及言情和性爱，读者更喜好去幻想作者的经历、处境和遇到的人和事。基于实际的写作经历，坦白讲，小说里的人物，如果在某种程度上是作者之部分投射的话，那也只能是两种情况：一种是每一个人物都是作者周围熟悉人物的合集，而非单一的个体；另一种则是作者自己可以同时化身为好几个人物，也非单一的个体。因此在小说作品里，每一个个体都可以说是现实中集体的缩影，因而也更具代表性，更易引发不同群体不同层次读者的共鸣。

坦诚剖析，这个故事与其他小说的最大不同，除了基于本人与爱玲之间超越时空的情愫灵魂共融之外，还有将她待续之故事置入现代的创新。每当一个人在久违的寂静独处时光里，在屋里燃香、品茶、听古筝或古典乐曲进而让思绪迸发并记录的时候，每当看着一日日的阳光由东至西转移，我可以真切地感受到生命的经过和流逝，此非拥有极度细腻之情感所不能体验。也正因此，曾经被挚爱的人诟病我是活在自我世界中的人（self-indulgence）以及经常会感情泛滥而不能自已。写作之余我会斜躺在摇椅中，看上海繁华街市，独自品酒，闭眼就会看到爱玲棱角分明的脸，充满智慧的眼神，跨越时空来相见。我们的角色、命运、感知有太多的相同，我无法解释这是否纯属巧合？有这么巧么？特别是在黑暗的夜里，坐在床上静静看着星光和天空的时候，周围世界里的人和事全都浮现在我身边，起舞，瞬间又转入虚空，时间之矢就是在这样的轮回里一往无前。

人的命运难免与性格紧密相连，而性格又会决定人在大是大非和十字路口的抉择。人生无非事业和婚姻这两大影响命运的关键因素，事业可以换，可以辞职，可以转行，而婚姻，尽管也可以换，毕竟离婚是不易的，尤其对女人，代价巨大！一个女人只有经历了真爱，全身心的付出，以及彻骨的失望和寂寞之后，她才会有能力将骚媚、端庄、颓废、清高、繁华以及苍凉集于一身，我想你我都是这样的人，是不幸也是幸运！

历时近两年，我终于完成了这部用心和情写作的文字，期间时时被忙碌的学术研究打断。当我写完这部小说，再度望着墙上照片里晚年的你时，眼泪夺眶而出。很快，我们又要进入二三十年代了，时光是这样匆匆，我愿你在天堂可以幸福地与你真爱的人长相厮守，我相信，只要心中有所爱之人的容颜，世界也会是我们的家。

谨以此书献给我生命中挚爱的人！

美国加州大学伯克利分校中国研究中心

2018 年 5 月 20 日

213

图书在版编目（CIP）数据

新倾城之恋/胡洁人著. —上海：上海三联书店，2019.8
ISBN 978 - 7 - 5426 - 6730 - 4

Ⅰ．①新… Ⅱ．①胡… Ⅲ．①长篇小说－中国－当代
Ⅳ．①I247.5

中国版本图书馆 CIP 数据核字（2019）第 149324 号

新倾城之恋

著　　者／胡洁人

责任编辑／董毓玭
特约编辑／张静乔
装帧设计／一本好书
监　　制／姚　军
责任校对／王凌霄

出版发行／上海三联书店

　　　　（200030）中国上海市漕溪北路 331 号 A 座 6 楼
邮购电话／021 - 22895540
印　　刷／上海惠敦印务科技有限公司

版　　次／2019 年 8 月第 1 版
印　　次／2019 年 8 月第 1 次印刷
开　　本／787×1092　1/32
字　　数／110 千字
印　　张／7.25
书　　号／ISBN 978 - 7 - 5426 - 6730 - 4/I·1528
定　　价／35.00 元

敬启读者，如发现本书有印装质量问题，请与印刷厂联系 021 - 63779028